阿部堅磐詩集

Abe Kakiwa

新・日本現代詩文庫

111

土曜美術社出版販売

新・日本現代詩文庫　111　阿部堅磐詩集　目次

詩篇

詩篇

詩集『倒懸』（一九七五年）抄

落ちてゆくもの

風に
無言歌は流れ
湖に
雨が落ち
霧の中
一羽の鳥は消えていった

この往き交う透明なもの
私もまたとどまることを許されず
歩きつづけねばならぬのか
走りゆくバスの音も

そぞろ悲しい峠道
濡れそぼつ白樺林
投げられた石塊《いしころ》ひとつ
この白い明るみは
そうだ　私の忘れていた
故郷《ふるさと》へつづく道なのだ

愛　その重すぎた光の羽交締《はがいじ》め
その陰影が　言い知れぬ
もの憂さとなって
旅へ誘《いざな》われて来た私の心を
深くつつむ

いま溶けてゆく爽やかな青い雫
煙る山脈《やまなみ》の果てから
春の香りを押し流して

落ちてゆくもの
足取りもあるかなきかに
遠く運ばれて来た哀れなもの
私の中のこの落ちてゆくもの

帰還

いつか
自分の大きな円を描くのだ　と
夢を見　その中へ
身を投げ入れた一片の影は
まさしく私のはずであった

あれも違う
これも違う

すべてが……
他人の街を行きくれ
孤独の中で抗《あらが》いながら
叫んでみても
私に贈られたものは
だらしない息切れや憔悴からの
幾粒かの涙でしかなかった

それを誰が知ろう
あれは私の青春
青春そのものの苦しみであったと

求め得たと心躍らせたものも
何と他愛もなく
暗く重い霧に隠れて
今は見るかぎり
ただ　吹き荒ぶ風

かつて
私自身でさえ気づかなかった
この痩身と少しばかりの心を
錯乱させ落魄させた
あの呪うべき運命と戦うために
私はいまこそ
私にまつわりつく一切を
いさぎよく解きほぐし
捨てる　そして捨てる
かなぐり捨てる

むかし
私が私に寄せた
さまざまな愛憎あるいは怨恨
それらすべてをかなぐり捨て
今の私に全的に切り込めばそれでよい

立ち帰ろう
みずから黒い闇のかなたへ
光の貴さを知らねば

もはや
おのれという小さな存在の悲しみに
嘆くなどさらさら無用
あちこちに
散らばり　群がる
俗流の美学に何があろう

一条の陽射しは自分の最深の世界から
照り返ってくるのだ

影とともに

夜への帰り道欲しさに
外へ　外へ
飽かず脱け出ていった私……
なさけ容赦なく
ひっぺがされていった
朝ごとの日めくりの音に
あてなどがあっただろうか

巡り逢った何人かの人達と
知り得たことどもと
何をいったい
私は見聞きしたというのだろう
愛　その雪片が
青白い風の中で
まだ
揺れているのだろうか

いきなり
さあ　生きなさい！
生きてみろ！
と　投げこまれた世界
この私にどんな準備ができたというのだ
通りすぎてきた
はたとせに余る年月

それをたとえ
不幸と呼ぶにしても
心に残された
時の爪跡や
生きる痛みを悲しんで

〈ああ　あんなにも
もろく
すべてが移ろいゆくとは〉
などとつぶやくかわりに
自分への言葉を
想い起こしてみよう
ほどなく私の身にも
もたらされるであろう
春の日のためにも

そして
恋い慕う人のように
すべてが美しかったのだと微笑みながら
何時なく
私が振り向く時
いつも異様な沈黙を守って
訪れて来る影がある

どんなに力んでみても
それこそ一生涯かかったところで
なにを私ごときものに
組み伏せられぬ相手であれば
しみじみとさえ
見つめよう
不思議な影
来し方知らぬ傀儡師《かいらいし》

——大学卒業時に

倒懸

倒さにつるされる苦しみからの救い
を古代インド語でウランバナといい
日本語訳を盂蘭盆という

子供の頃
暖かい手に引かれ
ひとよ
お盆さまを流しに行った
夏の宵のことを
危《あや》うい自己放任の果てに至る現在《いま》までに
思い出してみたことがあるだろうか

迎え火で招かれた
父母《ちちはは》の精霊《しょらい》達
供えられた数々の馳走
まず手始めに
十三日にはお団子で落着かせ
十四日にはそうめんと品を代え
十五日には飴をまぶした餅で供養し
瓜　きゅうりの牛や馬
灯火に花

香と水の子
その他心尽くしの
いろとりどりと取り混ぜて
かゆいまでのもてなしを計らい
救苦焰口餓鬼陀羅尼経《ぐくえんく》の
ひとしきり続いた読経と
庭前の遣水のざわめきの後に
たった一つだけ残された
あの盆送りの宵のことを

ああ　あの時でさえ
可愛い指先で作られた
茄子の小舟までもが
仄かに眼《まなこ》に映った川明りや
波の上の送り火の火影のせいか
手を差し伸べたら
届きそうでいて

やはり
遥かなゆらめきとなって
流されていったではないか
西方の奥処《おく》へと

こちら側で
いつまでも佇みながら
ただ見送っていたのは誰か
その寂しい習性はあの頃のものか
いつも限りなく
優しく微笑むしかなかった
心は掻き乱されてはいても
祈ることで欺いてきた

どうなろうと私は知らない
このまま
私は
牧人《ヒルト》のようにあらねばならないのだ
夜店の端でしゃがみ込み
泣きじゃくっていたのはむかしのことだ

妄執

――年経ればわが黒髪も白河の
みづはぐむまで老いにけるかな

この世のものとは思われぬ、芳しい香がたちこめる流れのほとりに、無数の桜の木々が立ち並び、その青い空に淡紅色の花が咲き誇っていました。その花の下で、一人の童女が清げな僧侶の吹く笛の音に、悠揚と舞い始めました。澄み渡る音色に、童女はうっとりと舞うのでした。恋のよろこびを満面にたたえて、その美しさはほんとうに恐ろしいほどでした。

笛の音がいちだんと激しく高鳴って、色鮮やかな長い帯が蛇のように泳ぎ、童女のかざした鈍色の扇は狂ったように空にひらめきました。すると、あたりいったいは薄明と化し、なま暖かい風が吹くと、童女の顔色は切なげな色に変ってきたのでした。もう僧侶の笛の音は聞えません。ひたひたと、鬼吹が流れ始めました。その時でした、童女の眉の下に妖しく輝く黒い瞳めがけて、空から稲妻と共に青白い一条の閃光が走ったのは。翡翠の鬘の幾筋かが垂れ懸る童女の面は、稲妻に打ち砕かれ、醜い老婆の顔が現われました。

ふたたび明るくなり、僧侶の笛の音は細く長く鳴り響いていました。老婆は安らかに微笑んで、ありし日の夢を描き、舞い続けるのでした。老婆が舞い終ると、桜の花片は老婆めがけて横なぐりに吹きつけ、凄まじい渦巻きをまき起こしました。花の風が止むと、老婆の姿はあとかたもなく、かき消えていました。僧侶は回向の経をあげると、笛で落花を打ち払い、いずこともなく立ち去っていきました。後《あと》には童女のかざした扇と真二つに割れた面とが、桜の木の根元に残っているばかりでした。

私の鬼

——山嶽神道の徒　亡き父へ

高杯《たかつき》の美酒《うまざけ》の中で揺らいだのは
あなたの霊影か
それとも荒ぶる神のみ姿か

*

ある夜の夢に私は見た
古聖者《いにしえ》の踏んだ山径が続いているのを
八つの峯の落とす大滝で
あなたは禊《みそぎ》をしている
蒼い谿流のかたわらには
火焰を放って石上に座した男が
両牙を咬んで眼を怒らす
その男は左手に縛の索を持ち
右手には降魔の剣を握る
時折その男に向って
激しい叫び声があなたの口から迸《ほとばし》り出
それが谺となって杜をつき抜ける

――鼻にもろもろの穢れを嗅いで
　心にもろもろの穢れを嗅がず

粛《しず》かな声が聞こえてくる
暗い私の枕元へ
あなたの世界
そして残された私と兄との
春秋の新嘗《にいなめ》の祭に遊んだ稚児の祝唄《ほぎうた》
酌み交わされた直会《なおらい》の盃の朱《あか》
消えやらぬ神殿の御燈明《みあかし》
揺れている　またも揺れている

＊

ある夜の夢に私は見た
斎《さい》院の河原を俯瞰する山の頂を
そこはまぎれもなく幼い時
あなたに連れられて登った
吹き晒しの山の巌の上だった
神の霊に招かれて来たのか

あなたは白雲の海の果てを仰ぎ
唯　祈っていた
空に鳴る御幣の音
あなたには見えたのであろうか
颪を巻き起こし高下駄で天馳ける神が

――耳にもろもろの穢れを聞いて
　心にもろもろの穢れを聞かず

いくたびか祭壇の前で
あなたと共に額ずき唱えた祝詞《ことば》
馨わしく捧げられた榊の葉のひとむれ
その光沢のある深緑が枝に広がるところ
僅かに小さく咲いていた細《ほそ》い花
その花こそは我が父の至福の移り香
薫ってくる　またも薫ってくる

＊

あなたの名は空の風　空風行者
死んだあなたは昭嶽霊神と名を変え
黒と白と黄金のまだらの大蛇《おろち》の
赤い息吹きに守護されて
あの峰の奥にいまもいるはず
あなたの執念き声が密かに廻ぐる真夜中には
私の中の鬼の岨だちが命じているのだ
〈すみやかに来たれ〉と

猿投神社恋吐息《さなげじんじゃこいのといき》

埃を被った鳥居を潜り抜ければ、
そこは奥宮。
猿投とはなげられた御子の異名。

その山は神
鐸《さなき》に似て威嚇に満ちた山容が眼に映る。
人気ない境内を歩むぼくらを、
巨杉の伸びる下で、
三頭の石造りの馬の瞳が見おろしている
何か言いたそうに。
たてがみにぼくらは触れてみる。
農耕に勤しむ民を助けた
この動物の実に力強い姿——。

猛き男の物語《ロマン》のゆかしさが、
心を掠めればおのずと足は、
神宮寺のほとり、小さな滝へ。
深青の流れを石伝いに君の手を取れば、
揺らいでいる童女童男《おみなおぐな》の影。
霊妙な水音は響いている、
ぼくらの胸へ、そして生命へ。

ぼくらに悲鳴をあげさせた、
草いきれの中に幽かに生き継ぐもの。
おまえは畏怖すべきやさしさの権化のはず。
また神の生身《むざね》として、夢に顕《た》ち、
薄明に現われたはず。
ぼくらはむかし語りを
ぼくらのうちになぞらってみたりする。
けれどおまえの祖《おや》の一匹は
この山中でこの祭神に咬みつき、
毒をもって死に至らしめたという——。

〈ちはやぶる卯月八日は吉日よ
　かみさげ虫をせいばいぞする〉

餅をぼくらが食べた店のあった、
いま血洗という里の名はきっと、

大蛇退治の剣を洗った謂れを負うはず。
そうだ　静々とぼくらの前から遠ざかり、
素直な隠神となるが良い。

社殿に仕える二匹の狛犬と共に、
奉納された無数の赤錆びた左鎌の大小。
つまり　この社の神はこの郷《くに》を拓く時、
鎌を用いた左遣いの御子、
小碓命の御兄、大碓命――。
青ざめた黄金の弦の月が、
千木の流れに降り注ぐ晩、
一人の心美しい酔漢が来て、
この経帷子の魂へ、
ひたすら願い、御酒を捧げたと、
ぼくらは笑みを浮かべて素朴に話す。
ぼくらの愛も素朴な信仰。

それはこの吐息の中で、
神籬《ひもろぎ》を彩る白と紫のあじさいに似ている。

詩集『八海山』（一九八〇年）抄

愛弟黒衣像

吹雪止んだ月夜、弟はこの世に降りてきた。母は弟が五つの時、逝った。その朝、越後の原は、雪を巻騰《まきあぐ》るつじかぜに哭叫んでいた。母の魂は暴風《はやて》とともに白龍の雪と化して、天に昇った。綿入姿の幼児は、快訝そうに覗き込んでいた、白菊で埋っている柩中の女の顔を。

弟の十の春、真昼時、父は常世《とこよ》へ旅立った。陽炎うららかに登校していった弟を、俺は校門から自転車に乗せ、疾駆《はし》った。奥の病室へ入ったと同時に、弟の五体が、父の枕元へ倒れた。弟は周囲割れるような声で、泣いた。窓越しに見える桜花《はな》の幾片かが、一陣の風に飛び散って重り合った父と子の頭上に舞った。

晩い夏の夕、蘆の刈り取られた河原の突端で、弟は石の塔を積んでいたようだ。フシフシ泣いていたのだろうか。傍では般若の面を被った一人の女が、影のように佇っていた。母を招き寄せたのか、弟は。女の手にした花火は、糸のように縺れて紫に閃めいていた。祭の笛の音が、川波に呑まれていった。

雨どどうと降る深夜、中学へ進んで間も無い弟は、布団の上で、父と母を口汚く罵っていた。頰に光るものがあった。俺は妙に切なくなって、その頰を力任せに殴りつけた、右と言わず左と言わず。〈おきぁがれ〉叫ぶと弟は俺を睨んで、大地を切り裂く稲妻の皎めく戸外《そと》へ跳び出して行った。

朝まで帰らなかった。

山襞から雪水が野に下った。大人のつもりの小さな生命《いのち》は、夜汽車に乗ってこの町を捨てて行った。便りがある度、住所《ところ》が変っていた。忘れた頃、大学へ入ったよと嘯きながら、帰って来た、ズタズタの心を、黒いセーターで覆い隠して。弟は背中に何やら変なものを負い込んでいた。

卒業式が終了すれば、舞い戻るものと思っていた。弟は今まで以上に遠くへ行ってしまった。俺の夢に時折、蛇体の少年の貌《かお》が現われることがあった。亡父の二十年祭に弟は、ボロボロの身体になって、帰郷して来た。今、黒衣で祭壇の前に正座し、鎮魂《たましずめ》の詩を読み上げている。心に鋭く光るものを握りしめて。

(――鬼の子は鬼の界《くに》へ入り込んだ)

魂乞八海山

（1）

二つの霊は遠く
奥峰から俺を呼んだ
よろしい
炎熱の街のことは捨てておこう
今は魂乞い
八海山
死後の山へ八つ峯がけ
捨身行だから
お身さま方の魂は
見つけねばならない

まとえば身の軽くなる死装束
水無川を越えれば
登山口の神楽殿
里宮の主《あるじ》と語れば
つのる
お身さま方の思い出ばなし
俺の先祖返りの入峰
神下げ虫には弱いが
蜥蜴なんかは蹴飛ばして
岩ヶ根越え
鎖をつたい
一気にここまで
駆け登って来た

（2）

——夕方、頂に立った時、父《とう》さま、ここはお身さまと話すに相応しい気がした。はるか、雲隠れに見える万代松。お身さまが最も愛した修行場だ。俺の家の守護神は木花之開耶姫《このはなさくやひめ》。あの女神《おんながみ》には六合目で逢った。お身さまの伴侶、俺の母《かあ》さまはあの女神が好きだったとか。母さまが死に、妙鏡霊神と名を変え、この山に移り住んだ時、お身さまが母さまの木像を刻んでいるのを俺は知っていた。あの女神の石塔には一輪の白百合が薫っていた。崖の山燕が番《つがい》で俺の方へ飛んで来た時、お身さま方二人の出迎えと俺は思った。水涸れた祓川から、この頂に眼を凝らした時、一心講の女行者の声が聞えた。何年ぶりに聞いたことか、渓を木霊する六根清浄の響きを。不動ヶ岳から望む如意ヶ岳、大日岳。御来光はあの間《あわい》から現われるのだ。それをお身さま、喜ばねばならぬ。お身さまの尊んだ天の八衢を守る眼光凄まじい神も、きっとあの上にいるのだから。

（3）

うとうとした囲炉裏端の俺は
眼を覚ましたが山小屋はまだ宵
煌々と倖せそうに輝く山下の町
鬼火　と見えたのは夏祭りの花火

煤けランプの点す天井の
岩の形をした白い汚み
やや　何と　あの岩だ
間違いなく薬師ヶ岳の
若い頃から断食重ねた
霰降るあの岩蔭で
お身さま
どす黒い血の塊吐いて
くずれ落ちそうになった

オハッセの谷間《たにあい》
地獄谷の底へ
幼い俺は唇震わして泣いていた
お身さまの白衣姿も俺の小さな影も
もはやこの山では
見かける者がいなくなった

父さま母さま

二十年も経て逢いに来た
捨てたはずのこの世ならぬ
お身さまたち二人の界《くに》へ
幻の声を聴いたことがある
他国の町の四畳半で
他でもないお身さま方の
気も狂わんばかりに驚いた
今夜は久しぶりの御対面

無礼講の盃を満たすとする
雨に濡れていく骨だらけの木々
ラジオは台風北上を告げている
風が鳴らす山神の鐘の音が
無数の石仏の夜を慰撫していく

（4）

——母さま、聞いておいでかね。お身さまの写真眺めても、これが母さまとは思えなかった。お身さまは明るく美しい人だったそうな。ほんにお身さま、馬鹿なお人。胸に刺す白いカーネーションの母の日、お身さま恨み、この山見つめ、泣いたもの。死んだお身さまいつも優しく偲ばれて、麓のお社の木花之開耶姫の絵をお身さまと俺は見た。今父さまと仲良く楽しかろうが、知っておいでかね、父さまの生きざまを。雪沈々《しんしん》と降る晩に、真水被って、心経唱《よ》んで、鈴ちんちんと打ち鳴らし、講の人らと大寒の行に出ていった。俺を一人、家に残して。俺は一度だけ、七つの時教わった祝詞となえて、父さま達に踵を連ね、ついていった。信者の家々訪ね歩き、ほかほかの焼き芋貰った時は、冷たい頬がほころんだ。父さまが湯で身を清め、白小袖と白袴で身をつつみ、神殿に御奉仕申し上げた真夜中、異形のお人がお迎えに参られましたな。お身さまかね、連れて行ったのは。お身さま方二人のために俺は今日、この頂に来た。

（5）

夜明け
しぶく頂
霧に軋めく葉の中から

にわかに現われた
漆黒の鳥影二つ
お身さま方か
ミサキガミよ
何と鳴いた

〈吾が子は三十路になりぬるか、巫覡《こうなぎ》してこそ歩きやれ、暗き海に汐踏むと、如何に町人集ふらん、正しとて、問ひみ問はずみ嬲るらん、いとほしや〉

聞きとったぞ　たしかに
父さまよ　母さまよ
お身さま方の返り言《ごと》
むかし詠歌《うた》ったその神歌
さあ　魂乞いは済んだ
一丸の焔となって
生の界へ帰らねばならぬ
俺の八咫《やた》烏よ
嚮導役は今は無用
山小屋の若者がくれる
魔除けの桃を齧り終えると
すぐさま駆け出した
ゆもじ色の旗傾く
正一位の神の尾根から
地蔵小屋を見下すところまで
その沢から産び岩
休む間無くさらに奔《はし》る
父さま拓《ひら》いた
七龍の鳥居へ着くまで
風切って走る
この山で捨てたのは
俺の優心
俺は俺に相応しい

無頼の荒魂《あらみたま》だけを奪い取り
転げるように山を下った

父子白衣像

　夜をこめて墨で掃いた叢雲の空。黒い細流《せせらぎ》の音が月に啜泣き、陰光《かげ》朧々、杉の木の間を漏れ来る宝前で、私は剣《つるぎ》の朱鞘を払い、一人の男に捧げようと舞い始める。耿々《こうこう》と長く流した蠟涙の火が、燃え尽き、音立てる時刻《とき》、剣の舞を終え、あの瀧へと風狂のように辿る。白く翻る蓑代衣《みのしろごろも》、私の晩夏の習い。名も知らぬ朽ちた石塔へ、一つ一つ、反魂草を手向けながら登れば、やがて朝風が暗い霧を吹き払い、峯から射す光に散る草露の、葉蔭ゆく径が遠くあらわれてくる。

　煩悩の叫びを金剛杖に鳴らし、男は飲食を断って七日七夜、山を経廻った。八つ目草鞋《わらじ》が水屑《みくず》のように擦切れ、眼も眩む崖の傾斜を砂礫と共に下った。谿沢の七つの瀧へ出た夕方、正気にかえった。飛沫を滾らせる帯状の落下、淡く懸る七色の光彩。こんな処に水圧と闘う不動尊者、男は息をのんで目を瞬いた。岩屋の像を瀧壺水で洗いながら、次第にあらわになる唐金の底光に心衝たれた。風を鎮める読経の響に応えて、〈路を拓け！〉不動の叱咤。周囲はすでに暮靄《くれもや》につつまれていた。男は決意を漲らせて麓へと、木通の蔓這う藪中を匍い、落雷に裂けた黒い老松の立つ径へ出た。振り向くと湯津磐群の彼方、七つの瀧の水煙は焰のように赤く浮んでいた。

　私の行く径を切る黒蛇、あれは昨夜、拝殿の剣から抜け出ていった精霊《もの》かも知れぬ、と膚に粟だつ心地もするが、崖脚より突き出た鳥総《とぶさ》を打ち払い、唇丹花に変え、根の国の奥へ驀地《まつしぐら》。吹き出す人穴の風に身を縮せて、胎内潜りの環を抜ける。行手阻む峨々たる濃緑の斑の巌、なかに輝く灰色の雲母《きらら》に走る傷痕《きず》の二筋三筋、これが天狗の爪跡、指さし、黄銅の鈴軽やかに振り、御堂の内へ姿消してゆくあの男の白い幻影《まぼろし》。至る水滔々の渓流で、手足を浸す、漱ぐ。なお行けば、下谷の遠い幽かな声、山経誦鳥《やまうぐいす》。仰げばあの石根に私の故郷への門、雲が湧き、その石畳へ誘《いざな》われる。遥かに私は喝食《かつしき》の謡《うた》を謳い出す。〈僧にあらず、俗にあらず〉と。七瀧の汀に私は立つ。

いつか熊笹の笛を吹いて眠る。すべてが優しく、私から遠くなる。

家系

（1）

谷水が響くから
建《たけし》よ　駆けて行こう
山は引っ越したりはしないが
おまえとおれが
翌朝《あした》には登らないと
おれの父と母の同胞《はらから》
あの大きな女松《めまつ》が怒ってしまう
槇の葉の香気をさそい
蜩《ひぐらし》が鳴きやまぬ間に
紋白蝶が遊んでいる
登り口の社殿にご挨拶

滝津瀬はその身その体《たい》　清まる場《ところ》
建とおれの頭を打つ瀑水
瑞垣《みずがき》の蔦葛が玉水を滴らす
冷たがることはない
おまえの父も　祖父も　祖母も
みんなハダカで浴びた
百体清浄
汚濁にまみれたままでは
道の祖《おや》の侍者《まかだち》　烏天狗に
殺《や》られてしまう　空気割術《くうきわり》

建は無心な矜羯《こんが》童子
燭台の蠟屑を小刀で削る
おれはお堂の巡りの荒草を薙ぎ倒す
利鎌で刈り取る　墓石の後へ廻る
おれ達は閼伽《あか》桶の水を振り掛ける

二つの　石塔
燈明を立てる　火を点ける
並んでお祈りを始める

（2）

おれがこの児と同年《おないどし》だった、父の御魂《みたま》が此処へ来たのは。母はもっと早かった。このお堂のうえ、麻利支天の籬の端、母と二人で手をふって見送った、万年雪の見える八峰へ信者さん達と入る父を。胸突八丁へ進む崖道。鈴音が聞えなくなると、母は稚いおれの掌を握って言った、さあ、下山《おり》ようね、と。橅の小枝を引っぱり、石ころをける少年の草鞋足と微笑みを湛えた母の静かな足取り。

円《まる》に天・地・人を象る
青銅の燭台　炎は周囲の繁み

太古の薄明を赫くする
あおり立つ光輪の中
亡き父母《ちちはは》
御影石の面《おもて》が明るさを増し
血を流し始める
血の輝き
なま暖い風が　おれたちを浸す

父が空風《くうふう》、母が妙鏡、と名告った謎も、遅まきながら解けた。十年前、おれと同姓の師に教えられた、〈阿部こそは敗北の氏〉と。ためらいもなく胸に飲み込んだことば。以来、勝つことを忘れた。二十年前、高野山帰りの僧がおれの名を鑑《み》て、悲惨な名と言い、運命《さだめ》を哀れんだ。建よおまえの名が古代の童男《おとこ》の謂れを負うなら、これはいったい……。けれど、盤石の窪みの白蛇は、おまえと俺にはこよなく優しい。

（3）

頂は谷を隔てた横雲の中
建よ　あの頂までおまえの父は
色とりどりの草花を供え
お参りした　まる二日もかけた
石塔の下に眠っている人達のため
おれ達が無事に登れるため

〈うち鳴らす柏のみ手
のおとたかくかみも
ろともにいさみ喜ぶ〉

木霊する建と俺の柏手
山蟻が薄雪草の花弁から落ちる
建の父が献じた残花だ

供物《くもつ》を食べ終えたら
下山《おり》てゆこう　おまえの
名づけ親　里宮の主が
湯殿に湯を滾らせ　待っている

――叔父さん　先に帰るよ
駆け下って行く甥
父母の方を振り返りつつ
建の後から　途を踏み出す
と、虚空から鏑矢
――(血に染みて生《あ》れ)
耳朶を掠める韻に立ちすくむ
微笑んで一人　麓へと走る

詩集『貴君への便り』（一九八九年）抄

貴君《あなた》への便り

1

あなたはいつも
霧の中から訪れてくる
私が帰ろうとする
夜のあたりから
気配だけで　あなただと知り
知った時から
乾いた風が吹いている

2

夕ぐれ
立ち寄った人の数だけ
流れる青白さの中
私とあなたの喫茶店で
すでになく　いまだない
ほあかりの時間を
幾度も過ごせたのは
木枯しの朝の
出会いの階段
あなたは話す
失くした母と恋人の話を
私はそれを
故郷の冬枯れた川音と聞いていた
私たちにふりつもっていた
見えぬ鵞毛の雪舞
二十と幾許の私たちが
ゆえ知らぬ〈老《おい》〉を
嗅ぎつけたのも　そんな晩

3

投げ出された孤独の意味を
かばいながら下った坂は
何という名の坂
震えている私たちの肩先
吐き出された言葉が
血塗れにゆきかい
はらはらとおちてゆく

緑に変わる夜街《よつじ》の信号
振り分けられたあちらとこちら
陸橋をあなたが昇り
私がそのまま進んだ歩道
膚と親しんだ眼と心を

ひとつの神話と握りしめて
散りそびれたプラタナスの葉を
私たちがいつの日　見つめ合ったか
迷い路であったか
逃げ路であったか
私たちが私たちであろうとしたこと

4

はるかな友
lonely boy のあなた　もしくは
ムイシキン公爵
後姿の細い身が
瞼に染みついてとれない
見えすぎて困るのは現在《いま》
困らなかった頃の

私たちの夜話を
あなたよ　忘れてはいけない
私たちが
毒矢に射抜かれた存在《もの》でも
闇空がいつも
蒼くあったことを

（渋谷時代回顧）

無明

ふりむいた時
〈終焉〉の鐘の音さえ
とうに消えていた
まして囁きや人影など

それにしても

遠のいた風景だけが美しいのは何故だろう
星空に散る花火も
山の湖の青さも　いつも懐かしい

はるかむかし
帰省のほたる舞う夜汽車で
どうしてこんな生をうけて来たのか
と　眼を閉じたことがある
いまはいまで山奥へ走る
電車の無明の闇を見つめているばかりだ

（悟徹に澄むなどありうるわけもなく……）

呟きながら
心の空無に歯ぎしりをする
生きる息吹きを探すために
私の旅はある

見者

若い頃
何でも真ん中へ進むことが好きだった
胸を張って堂々と
けれど大病を経験した今では
人生感が変ったのだろうか
真ん中より端の方が好きになった
それも角《かど》っこがいい
角っこに座りながら静かに見廻す
真向い　左右と
真ん中にいた頃より
いろんなことが眼に入ってくる
例えば人
無口だが誠実な人

他人の不幸を喜ぶ人
いつも優しい笑みを湛えている人
例えば植物園の草花
敬虔なおじぎ草
空へ空へ伸びる向日葵
温室で大切にされる珍しい南国の花々
人も花も様々だ
真ん中へ進んでいた頃
常に角っこにいて
見つめていた人の眼に気づかなかった
その無関心を装った眼差しの静けさと恐さを
だから決めた
自分の座るところは角っこだと
仮りに余儀なく真ん中へ進むことがあっても
心は角っこに残しておこう
そして見届けて記そう
角っこから見える様々な事象を

詩集『生きる』（一九九七年）抄

生きる

大工さんが木を削るように
陶芸家が皿を創るように
詩を作ってゆきたい

農夫が田を耕すように
己れの精神を耕し
自己の魂の救済を願い
そして　その拡大をはかる

木曽の木食聖者　普寛
その弟子　泰賢
その跡を慕った吾が父　空風

父祖伝来の田畑を売り払い
七瀧への参詣道を切り開いた父
その行者の教えと
看護婦だった母の
ナイチンゲール精神に学ばねばならない

いつぞや　ある詩人から
「貴方のお父さんの修行の深さと　貴方の学んだ
　学問との距離は大分あるようです。」
と便りをもらった時
道を究める難しさを思い知らされた
その詩人が通う焼処屋《やいと》さんが
焼処屋さんを営むかたわら
御嶽山へ修行に行くという
私はその話を聞かされた時
うーんと思わず唸ってしまった

学生当時　私は
人生の意義について何もわかっていなかった
今でもほとんどわかっていないが
あの頃　恋愛についてとか
つまり女のことしか考えていなかった

自己の根源へ帰ろう
家系へと辿ろう
悲哀に満ちた私の生

詩心と道心の旅が今また始まる

忘れ得ぬ人

――亀山巌長老一回忌にて――

勤めが早く終えた春の昼下り
古本屋さんで書棚をぼんやり眺めていると
銀髪のあなたが
ワイシャツ姿でサンダルを履いて
店のガラス戸を開けて入って見える
品のある穏やかな笑顔
が　炯々とした眼差し
――君はこういう本を読むべきです
煙草を挟んだ指先で示す分厚い宗教書
――ぼくはどうも　こういうの難しすぎて
勉強不足の私は照れながら口籠もる
やがて　二人揃って店を出
バス通りに面した喫茶店に入る
私は畏まってコーヒーを頂き　お話を伺う
――そういうことでしょ　実際は
詩談を交わす時の口癖だった

夏の夕べ　ドブ川ぞいの小道を
浴衣がけ　雪駄履き
ブラブラと居酒屋へと向かう途中
あなたが白い愛犬を抱いて
あの街角から姿を現す
道路を向かい合わせに
あなたは私を見てニヤリとする
そして　手を挙げて立ち去る
眼鏡のレンズがキラリと光る
私は軽く会釈した後
夕食をとりに居酒屋に入り
生ビールを飲みながら

あなたからの便りを思い出す
――詩人は全身全霊をあげて詩作すべきです

寒い冬の宵　ある会合が持たれる
四角く　机を囲み
様々なジャンルで
活躍する人達が
一人一人　自己紹介をする
文芸評論家のO氏が自己紹介を終えると
――この人は会魔
と　あなたは微笑を浮かべて話す
ほどなく　私の番がきた
私はしどろもどろで自己紹介をする
――この人は詩魔
すかさずあなたは私をみんなに評す
手紙魔と称されたあなたは
私達にも○○魔と名付けた

そんなあなたが
亡くなられてから一年が過ぎた
あなたは　晩年
吉野へと毎春訪れたとのこと
私も吉野へと旅に出た
私は吉野の山道を歩きながら　ふと思った
ここがあなたには
桜浄土へつづく道であったのかも知れないと

神楽

家の近くの八幡さまの祭礼の日、風船釣りのアセチレンガスの匂いのする参道を、晴れ着を着せられて、父に手を引かれ、人込みの中を歩いた。女の子達は、髪飾りをして振り袖を着ていた。私達田舎で育った者は、こんなふうにしてハレの日とケの日を教えられた。お宮の境内にも香具師が、スマート・ボールや綿飴の店を開いていた。神楽殿では、須佐之男命の八岐大蛇退治が奉納されていた。父は少年の私を肩車にして見物させてくれた。まず太鼓が鳴り響き、笛の音が悠揚と流れる。子方の櫛名田姫を真ん中にして、足名椎、手名椎の翁媼が啜り泣いている。笛の音が止むと荒ぶる神、須佐之男命が現れる。しばらくして白い素焼きの陶器が、八つ、三宝の上に並べられる。すると渡殿から大蛇が辺りの様子を伺いながら、地を這うように現れる。酔いつぶれた大蛇に須佐之男命が剣の舞を披露し、神楽は終わる。帰り道、父は奉納された出雲の神の物語を、小さな私に大きな声で話してくれた。

この心

歳を重ねて来た
と言うだけで
わたしは大して利口になっていない
けれども　ひとつ言えることは
他に対して自分が
やさしくなれたことが言える
義父母《りょうしん》に対して
妻に対して　友人に対して
時折　人から嫌味を言われたりもするが
笑って聞き流せるようになった
若い頃　現実の生活が
無惨に見えたものだ
今では何もかも明るいやさしさに

満ちているように感じられる
だから　窓辺を飾る
ポインセチアの花が美しく思われ
水槽で泳ぐ金魚たちが
可愛らしく思われてくる
何気ない日常を手紙に綴って
会うことの少ない
遠くの友に送ったりする
たまに旅に出掛け
森や湖の清らかさに心洗われ
良き明日を夢見る

この心　達観なるかはたまた諦観なるか

詩集『**訪れ**』（二〇〇一年）抄

童子女《うない》の夫婦松

南に童子女の松原あり。いにしへ年少き
童子女ありき。くにひと、かみのをとこ
かみのをとめといふ。
（『常陸國風土記』）

私の名は海上《うなかみ》の安是《あぜ》の嬢子《いらつめ》。村の神の社にお仕えしている少女です。私には恋しい人がいます。でもその人にお会いしたことは一度もありません。だってその人は隣村の人ですもの。その人は美しい少年だということです。そのことは村の少女達の評判で知りました。その人は那賀《なか》の寒田《さむた》の郎子《いらつこ》というのだそうです。私はまだ見ぬ人に恋をしました。神前に榊を供える時も、庭を掃き清める時も、また野原で花を摘む時も、郎子の姿を自分勝手に思い描いておりました。そうして数ヶ月が経ちました。まもなく村では、嬥歌《うたがき》の会《つどい》があります。嬥歌の会とは収穫を祝い、男女が大勢集まって、闇の中で合唱し踊る宗教行事です。その場においては自由性交が許されているのです。嬥歌の会で、きっと郎子に会いましょう。

　嬥歌の会で郎子は暗がりの中、私に近寄って来て、歌いかけてきました。

――いやぜるの、あぜのこまつに、ゆふしでて、
わをふりみゆも、あぜこしまはも。

　私も報《こた》えて歌いました。

――うしほには、たたむといへど、なせのこが、
やそしまかくり、わをみさばしりし。

　私が歌い終わると、郎子は愛くるしい微笑みを浮かべ、私の熱い手を取り、童子女《うない》の松の下に誘《いざな》ってくれました。私は郎子の瞳をまっすぐに見つめ、郎子にいまだ見ぬ恋をしていたことを話しました。郎子は私を抱きよせ、自分もまた形容《かたち》麗しく、郷里《さと》に光華《かがや》いていた私のことを、愛していたとうちあけてくれました。ちょうど、玉の露が置く秋の頃で、皎々たる桂月《つき》の照る処は、鳴く鶴《たづ》の帰ってゆく海辺の洲で、夜空には松風が吟《うた》っていました。その下で、私は郎子の優しい愛撫を受け、楽しみはこれより他にないとさえ思いました。私達は近き山の黄葉《もみじ》の林に散る色を見つめ、遥けき海の蒼波《なみ》の磧《いそ》に激《たぎ》つ声を聴いていました。

　私達は語らいの甘い味に耽り、夜がしらじらと明けようとしているのも気づかずにいました。俄かにして鶏が鳴き、犬が吠え、あたりは明るくなっていました。特殊な一夜の情交は許されても、永続的な男女の結合を許さない嬥歌の庭で、私達

は為すすべを知らなくて、人の見ることを恥ぢ、松の樹となったのでした。郎子は奈美松となり、私は古津松となり、昔からここに、夫婦松として並び立っております。

参考『常陸國風土記』……訓読み引用箇所あり

訪れ

私の住む社は杉木立の聳える森の中、境内を小さな小川が流れておりました。その小川を人々は石川の瀬見の小川と呼んでおりました。ある夏の日の午後、私は侍女の楓と二人で、川中に入って川遊びをしておりました。岸辺の園生には蔓藤袴の紫の花が咲き乱れ、鳩が数羽、遊んでおりました。川風が渡り、心地よく、そんな中で、楓と私はお互いに衣も濡れるのも厭わず、川水を浴びせ合って燥いでおりました。すると川上から一本の矢が流れてまいりました。それは丹塗矢でした。不思議に思ってその矢を取り上げました。水に濡れた矢は日の光を受けてキラキラと輝きました。私はそれを私の室内《へや》の床の辺《へ》に挿し置きました。

その夜のことです。私が眠っておりますと〈ひめ、ひめ〉と私を呼ぶ声がするのです。その声に目覚め、瞳を開け、身を起こして、周囲《あたり》を眺めますと、妻戸のあたりに黒い影が私を見つめているのがわかりました。影は妻戸を静かに押し開き、私を誘うように勾欄の下に降り立ちました。白い月光を浴び、その姿が明るくなりました。私は恐さを忘れて簀子のところへと歩み寄り、その姿を見ると、庭には神々しいばかりの一人の若者が優しく微笑んでおりました。私が〈あなたはいったい、誰。〉と尋ねますと、その若者は〈私は丹塗矢の本姿《むざね》、天上の神。〉と名告りました。少女が成長し、うら若き乙女となると、その乙女のところに、男の訪れがあると話には聞いておりました。それが今宵、我身にもおこったのだと私なりに得心しました。虫の音も絶えた深夜、その若者は手を差し伸べ、私を抱き寄せ、いつも天上から私を見つめていたことを私に話してくれました。私は嬉しさに胸がいっぱいになり、その若者の厚い胸に頬を寄せ、瞳を閉じました。庭の木立を風が抜け、夜露も降り、肌寒くなると、若者は軽々と私を抱き上げ、室内へと歩みを運びました。それからどれくらい経ったのでしょうか。気がつくと若者の姿はありませんでした。私は夢でも見ていたのでしょうか。

そんな夜があってから数カ月が経ちました。私は身籠もり、やがて元気な男の子を生みました。その子が成長して大人になる時、私の外祖父《おおじ》さまは、八尋屋《やひろや》を造り、すべての戸を閉じて祭事に斎《い》みこもり、八腹《やはら》の酒を醸《か》みて神々を集め、七日七夜楽遊《うたげ》なさいました。そして、その子に〈おまえの父と思う人に、この酒を飲ませよ。〉とおっしゃいました。すると、その子は酒杯をささげて、天に向かって酒を祭り、屋の甍《いらか》を分け穿ち、天に昇ってゆきました。その姿が見えなくなってから、しばらくの後に、神々しい神の御姿が彩雲《くも》に乗って現れました。それは、あの夏の夜に訪れたあの若者の姿に似ていました。それを私が認めるとまもなく、一瞬にして御姿は消え、青々とした天空には風が光っているばかりでした。

参考『山城國風土記』逸文

剣《つるぎ》

――更往きて取りたまふに、劔、光きて神如《かみな》し、
把り得たまはず。

（『尾張國風土記』逸文）

私は伊吹の神に敗れた。登る時に鬱蒼とした木々の聳える山のほとりで、牛のように大きい、白い猪に出会った。そこですぐさま、言挙《ことあげ》して、「是の白猪に化《な》れるは、其の神の使者にあらむ。今殺さずとも、還らむ時に殺さむ」と言ったが、まさかそれが伊吹の神の正身《むざね》とは思ってもみなかった。せいぜい神の使いと高を括っていたのが間違いだった。激しく打ちつける霰や雹は、まるで神の息吹きを浴びせられたようだった。霧は峯を覆い、谷暗くしてまた行くべき径無く、同じ所を徘徊して逃れ出るすべも知らなかった。不用意な言挙は、かえって危険とは知っていたものの迂闊だった。打ち惑わされた私は霧の中から僅かに見える蔦楓の茂る山道を下り、麓へと降りて来た。半ば正気を失っていた。玉倉部の清水に辿り着き、身体を休め、少し正気を回復した。そこで玉倉部を出発し、すっかり弱って腫れ曲った足を引き摺るようにして当芸《たぎ》を経、杖をつき、尾津、三重と進み、ようやく、ここ能煩野に着いた。人というものはおかしなものだ。身心が弱ると故郷のことが慕わしく思えてくる。御鉏友耳建日子《みすきともみみたけひこ》よ。聴くがよい。私の歌う国思歌《くにしのいうた》を。

――倭は　国のまほろば　たたなづく　青垣山隠れる　倭し美し

倭は美しい処よ。人の心も美しい。何を泣いている武日連《たけひのむらじ》よ。つつがなく無事に帰れる皆は、あの聖なる平群の山の大きな樫の木の葉をかんざ

しにさすがよい。
それにしてもあの剣《つるぎ》を美夜受比売《みやずひめ》のもとに置いて来たことが悔やまれる。あの剣は東国征伐の旅に出る折、叔母上から賜った剣だ。相模国でその国造の為に野火の難にあったが、御《み》ふくろの中の火打石と神剣の霊験によって敵を倒すことが出来た。いつも身に帯びていたお蔭だ。そして旅を続け、やがて甲斐国から信濃国へと越え、すぐに科野の坂の神を言向《ことむ》けて、尾張国に再び帰り、先の日に約束した美夜受比売の家に私は入った。比売は美しく優しかった。月光《つきかげ》の中、二人でそぞろ歩いた森の道も今では懐かしい。ある夜のことだった。厠にゆくのに身に帯びていた剣を桑の木に掛け、そのまま忘れてしまったが、しばらくしてから気がつき、とりに戻ると、剣は異様な光を放って、まるで神霊が輝くようであった。そこで比売に「此の剣は神の気《け》あり。斎き奉り私の形影《みかげ》とせよ。」と告げた。そののち、伊吹の神を討ち取りに出た。今考えると私には大切な剣だったのだ。

——嬢子の　床の辺に　我が置きし　つるぎの大刀　その大刀はや

瞼が翳んできた。何だかすべてが遠くなっていくようだ。

参考『古事記・上代歌謡』（小学館　日本古典文学全集）
『日本書紀二』（朝日新聞社）
『風土記』（岩波書店）

詩集『あるがままの』（二〇〇二年）抄

あるがままの

——アーチボルド・マクリシュの「年齢の智恵」
の本歌取り

幼くして
父母《ちちはは》を亡くした私
十五歳の春
故郷を旅立ち
都会へ出た
一人ぼっちの心は呟いた
——未来なぞ俺にない
僅かな給金をもらい
真っ黒になって働いていた頃
テレビではデモの中での
樺美智子さんの死を報じていた
その時　私は思った
世の中はみじめだ
優雅は乏しく
心清々しくなる美も少なく
真実などどこにもない　と
そんな中で私は
コーヒーと音楽と読書を愛し
多くのものを
学ぶことを忘れはしなかった

それから年を経る間
時々　私の頭上を
どしゃぶりの雨がたたいた
かんかんと太陽が照りつけた
又　吹雪止んだ真夜中
きれいな闇空が横たわった

そうして五十余歳になって思う
おお　父よ母よ
marvelous　あるがままのこの尊さ
頭をあげて
私は今　陶然たる思い
かてて加えて
学ぶことの喜びが
狂雲のように心に湧き起こり
この身は今にも駆け出しそうだ

君と私は

――金子衡仁君へ

目黒線武蔵小山の
駅の改札口を出
君が経営《やっ》ている
クリニックへの道すがら
〃コウ坊〃（昔の君の愛称）と呟くと
さまざまなことが浮かんでくる

同じ頃　君は東京という大都会で生まれ　私は雪国の片田舎で生まれた　高校の頃　同じ学窓に学び　三年の年月を共に過ごした　君は医学を志し　医大へと進んだ　私は文学を志し大学は文学部へと進んだ　その間　苦学生だった私は　君にも君の母上にも　ひとかたならぬ援助を受けた　そんな中で　二人で音楽会や演劇鑑賞に行ったものだ　帰りには決って渋谷の喫茶店〃アテネ〃に寄り　コーヒーを飲んだ　大学を卒業すると私は東京を離れた　数年後　君は医師となり　私は詩人となった　一度君は　私の所属するグループ

の詩画展に東京から名古屋まで来てくれた　四
十年近くの交友　考えてみると君と私とは　一
度も衝突したことがなかった　それは私がわが
ままであっても　君が寛大な心を持っていたか
らだと思う

踏切を越え
クリニックに着く
玄関のオート・ドアが開くと
医務を終えた君が
私を見てニヤリとする
君も私も半白の髪になり
それを口にしながら
久闊を叙し合った
応接間に通され
すっかり痩せ細った君の母上も交じえ
昔話に花が咲く

それは私が君の家の犬に
追いかけ廻されケガをして
康済会病院へ入院した
私の失敗談だったり
医大へ進んだ
君の御子息の噂だったりした

目黒駅の近くの
中国料理店〝香港園〟へ出かけ
君と私は再会のグラスを交わす
一人は医学を語り一人はそれを聴く
一人は文学を語り一人はそれを聴く
その後　高校時の仲間の誰彼の噂をし
食事を楽しく済ませる

別れ際　私は君に告げる
〈お互い　死ぬ時はいい人生だったと　かんらと

笑える人生を送りたいね〉
〈そうだね〉
と君はにっこりと微笑む

仏縁かな

——畏友島田堯嗣君へ

神楽坂毘沙門天の
山門を潜る
桜も散った庭では
犬の散歩を終えた住職の君が
私を見て微笑んでいた

君と私は高校の三年間
同じ仏教系の学園で
大学進学を目指して学んだ仲
言わば戦友

君は昼食をと言って
路地の鰻屋へ私を伴う
まずはビールで乾杯
それから君は語り始める

自分のお寺が徳川家康の創建であるとか
毘沙門天が仏のガードマンであるとか
天上界を仕切っているのが帝釈天であるとか
名僧知識ぶりを君は発揮する

君が語る仏法の
爽やかな風
仏教の大学を出
身延山から
帰って来て三十余年

大学生の頃
君の寺へ
よく遊びに来たものだ
終電車に乗り遅れそうになるまで
宗教や人生を語り合った夜々

十年程前
私が入院した折
君は朝の勤行時に
病気平癒の祈禱をしてくれた
自宅療養時には
デンファレーを見舞ってくれた
私が君にプレゼントしたものといえば
今まで出版した五冊の詩集

私の脳裡を
さまざまな思い出がよぎる
生き生きと話す
君の瞳を見つめながら
しみじみと思った
君は今も戦友だと

悼詩

——成田敦さんに

豪雨の朝
病床にあったあなたが
亡くなった　と
あなたの友人から聞かされた時
私は絶句した

ある詩の朗読会の折

初めてあなたに会った
宗次郎のオカリナの曲を
バックに流してあなたは
穏やかな声で
薄暗いステージで朗読していた

その後
その朗読詩〝樹のすみか〟のコピーを
あなたから頂戴した
私はそのコピーを
持ち歩いて何度も読んだものだ
あなたが鎮守の森で
亡き友を偲ぶその詩を

しばらく経ってから
私はあなたの詩集を
立て続けに二冊も頂戴した

私も二冊の詩集を謹呈した

三年前
あなたの故郷大垣で開催された
〝詩と音楽の集い〟に
私も出席させてもらった
ロビーで交わすあなたとの詩談
小説「輪廻の暦」[*1]について
私が話すと
あなたは後輩の私の文学論を
静かな微笑をもって
頷きながら聞いていた

世の中にこんな柔和な人もいるのかと
私はあなたと邂逅出来たことを
神に感謝したいくらいだった

先年　奥さんを亡くされたあなたは
心に沁みるような
亡妻挽歌の詩群を発表していた
私は静粛な感動を覚えたものだ

あなたは友人に
「智恵子抄」を凌ぐ詩集を編むと
語っていたという
あなたなら出来る
私はひそかに応援していた

秋冷の深夜
オカリナのＣＤを聴きながら
私は詩友《とも》の死を悼みながら
詩集『初蟬』[*2]を読んでいる

＊１　小説「輪廻の暦」は萩原葉子氏の作品
＊２　詩集『初蟬』は成田敦氏の晩年の作品

文学の友
――叔父逝く

十数年前のある夕
ドンドンと
マンションのドアを叩いて
あなたは私の家を訪れた
あなたは私の妻の叔父
私には義理の叔父に当たる
妻はかいがいしく
夕食の御馳走を
食卓に並べる
すでに稀覯記『百代の過客』を
出版しているあなたは
あの時　正宗白鳥を語っていた

以来　あなたは
自分の主宰する雑誌「鶴舞文学」が
出る度に私のところへ届けてくれた
ある時　その雑誌に
私の文章も載せろと言って来た
私は快く
四十枚程の詩歌鑑賞ノートを寄稿した
雑誌が出来上がった宵
二人で今池の小料理店で
心ゆくまで飲んだ

あなたは旅を愛し
陶芸を愛し
茶道を愛し
何よりも文学を愛した

この十一月の寒い日
あなたが入院している病院へ
私は妻とともに見舞った
あおむけに休んでいたあなたは
私達に気がついたかのようだった
顔色は蠟のように白く痛々しかった

その三日後
あなたは逝った
また一人
私は文学の良き友を失った

鵜戸神宮

トンネルを
歩いて抜けると

眼前に広がる
青い日向灘の海と空

春の暖かい陽光を浴び
八丁坂という
長い石段を下り
玉橋を渡ると
そこは鵜戸神宮
小さな時
父から聞かされた
鉤《つりばり》を失くした山幸彦と
豊玉姫の神話の地だ

岸壁に打ち寄せる蒼い波
海に突き出た亀のような形をした岩
その窪んだ水たまりに
運玉を投げ入れると
運が開ける
私も妻も運玉を投げる
山幸彦のように
幸運の女神がほほえむか

輝くばかりの
朱塗りの本殿は
洞窟の中
賽銭を投げて二礼二柏手する
それから私は
夫のいるこの地に来て
子を生んだ豊玉姫に
思いを馳せる

爾《ここ》に即ち其の海辺《うみへ》の波限《なぎさ》に、鵜の羽を以ちて葺《か》草《や》に為《し》て、産殿《うぶや》を造りき。是に其の産殿未だ葺《ふ》き合《あ》へぬに、御腹《みはら》の急《せま》るに忍びざれば、産殿に入り坐《ま》しき。

ひんやりとした
この洞窟は産殿の址という
生まれた神の名は鵜草葺不合命《うがやふきあえずのみこと》

扇岩や夫婦岩を
眺めながら
今来た道を戻る
家へ帰ったら
この神の養育にゆかりある
買い求めたお乳水を飲もう
そして　お乳飴を舐めよう
と妻に語る

諏訪

秋晴れの朝
コスモスの咲く道を
のんびりと歩き
木洩れ陽の降り注ぐ
諏訪の本宮に辿り着く

神さびた社殿を仰ぎ
境内の杉の大木に触れてみる
苔むし　何故か濡れている樹皮

高天原の神タケミカヅチに追われ
この湖まで逃げて来た
祭神　タケミナカタ

この出雲の神の無念を思い
参道の休憩所でコーヒーを飲む
湖水の波音は
この神の心を優しく慰めたことだろう

緑色に澱んだ湖の岸辺で
釣り糸を垂れている少年達
湖畔の明るい公園では
恋人達がベンチに腰掛けている

湖の中に立っている
八重垣姫の大きな石像
かの姫が法性の兜を戴けば
狐の姿かげろう
〈湖に氷張詰むれば渡り初めする神の狐……〉
私は本朝廿四孝の章句を呟く
胸に思い描く御神渡《おみわたり》の氷湖

ゆっくりとタバコを吸い
しばらく畔をさまよう

湖の道路沿いに建つ
島木赤彦の記念館
館内《なか》に入り　展示品を観る
年譜のパネルや写真
森鷗外からの書簡や
くすんだ色の歌稿など
私はある懐かしさを感じる
ここは静寂《しずか》だ
ガラスケースの中の名歌の拓本
〈みずうみの氷は解けてなほ寒し三日月の影波に
うつろふ*〉

荘厳に歌い上げた

この歌人の三日月の影
格調高い「アララギ」の写生に
感嘆し　外へ出る
暖かい陽射しを浴びながら
大空をふり仰ぐと
八っ岳に白雲が帯のように流れていた

＊　引用歌〈みずうみの……〉は『島木赤彦』（桜風社刊）に拠る

沖縄の旅

民族舞踊

沖縄料理を食しながら
ステージで行われている
華やかな民族舞踊を観る
きらびやかな衣装の踊り「四ッ竹」
背中でゆっくり踊るという「花風《はなふう》」
数々に踊る姿を見せて
雨夜の那覇は静かに更けてゆく

首里城

澄み切った青空の下
名にし負う守礼の門を潜る
古い石段をいくつも昇り
首里城の正殿を仰ぐ
建物すべてが煉瓦色に輝いている
中に入り琉球王朝の往時を偲ぶ
冊封使や踊り奉行の影が揺れる

ひめゆりの塔

こんなひどい壕の中
死んでいったうら若い乙女達
何ともいたいたしい
資料館では部隊の生き残りの老婦人が
物静かに当時の有様を語る
聞きしに勝る悲話だ
部隊の乙女の顔写真も直筆のノートも

今帰仁城《ナキジングスク》

世界遺産の城の階段
三段　五段　七段　とくり返す階《きざはし》
琉球王朝成立以前の古城の趾という
敵に攻められ　王子を抱いて身を投げた
王妃の物語をガイドは語る
城郭は万里の長城を思わせる
正殿跡の火の神に祈りを捧ぐ女《ひと》がいる

北海道の旅

小樽運河

晴れ渡った小樽の駐車場でバスを降りる
友と歩く運河沿いのプロムナード
立ち並ぶ大きな倉庫が昔を偲ばせる
きっと石炭や鰊の運搬で賑わったんだろうな
そんなことを考えながら横道を折れる
寿司店がやけに多い　あそこもここも
オルゴールの鳴るガラス工芸店を覗く
夜　ホテルのラウンジで一人
映画〝レオン〟に因んだカクテルを飲む

富良野

白いじゃがいもの花畑を眺めているうちに
名高いラベンダー咲く野にバスは着く
美しく広がる紫の花園
ここで式を挙げるカップルもいるという
入場無料というのもおどろきだ
野を一周するといくらという馬が首を振る
花の見頃で押しかけた大勢の老若男女
ラベンダーの香料を売る店もある
私は椅子に腰かけ　周囲を眺めしばし憩う

ラフティング

空知川支流　青い渓流をゴムボートで下る
若い人達に混じって漕ぐオール
夏の陽光の燦々と降り注ぐ中
米国《アメリカ》から来た屈強なインストラクターが叫ぶ
ハイ右　ハイ左　ハイ後ろ　と
浅瀬の所では〝スイム〟と声かける
私達は一斉に冷たい川中に飛び込む
ボートは進む　一時間も
最終点に至り皆はほっと嘆声を吐く

日高ケンタッキー・ファーム

暮れ方　馬臭い牧場に着くと
私達を夕食のバーベキューが待っている
食堂には炭の匂いと煙が立ち込める
私達はワイワイ言いながら飲食を済ます
夜　ロッジのベッドで横になっていると
暗い森を駆けていく二、三人の若者の声
早朝　霧の中　白樺林を散歩する
池の畔に見事に咲く水仙の白い花
時折　鴉が鳴く　日高は今日も快晴だ

グラナダの夜

グラナダの丘の洞窟
ジプシーの女達が
フラメンコを踊っている
激しく　心が弾む
カスタネットの音
割れんばかりの手拍子
酔わせてくれるギターの音色
白い花を飾した黒髪が揺れる
情熱的な瞳が私を射る

歌の意味はわからぬが
踊るジプシー達は
何故　あんな苦悶の色を
見せるのだろう
それはジプシーが
インド　エジプトから
流れ流れて来たからなのだ

床を打つ靴音のリズムが
野性に満ちて
私には快い
白と黒のドレスを着た少女
真紅や黄色のドレスの女達
年配の異様に太った女
かわるがわる
怨むように訴えるように
踊りが続く
人間味溢れるフィナーレ
激しい踊りで幕を閉じた

外へ出ると
闇に沈んだ
アルハンブラ宮殿の夜空に
三日月の鋭いまなざしが私を待っていた

詩集『**男巫女**』（二〇〇四年）抄

男巫女《おとこみこ》・参籠

星のきらめく夏の宵
山懐に抱かれた社殿
月光《つきかげ》が照らしている
谷川の流れだけが
幽《かす》かに泣き続けている

蠟涙《ろうるい》が滴る
御燈明《みあかし》に揺れながら
仄暗い神前で
まだ若い
兄と弟は祝詞を奏し終える
その後

弟は剣《つるぎ》の鞘を払い
喝食《かっしき》の舞を始める
兄は榊の献花の側《そば》で
おもむろに
鼓を打ち鳴らす

〈汝《なれ》も月読《つきよみ》
我も月読
しまらくは
憂世の外《ほか》へ
今は魂恋い〉
男巫女達は
凛々と声を張り上げる

今宵より三日の間
白雲靡く
八つ峰がけ

山ごもる父の御魂《みたま》へ
うるわしき母の御魂へ
兄弟の熱い慰撫が続く
舞も鼓も終え
兄弟はお神酒を頂戴する
弟が兄に話しかける

——弱法師になろうか
——山の中　しかも夜　日想観はムリ
——じゃあ　花月
——オイオイ我らは男巫女　花月は仏道者
——それじゃ自然居士《じねんこじ》
——芸尽くしの幼女《ひと》助けか　行衣は蓑代衣《みのしろころも》
　それでいこう

兄弟は自分達だけに通じ合う
謡《うた》の話　そして神の話をする

時折　鹿おどしが闇に響く
兄は明日のお参りの順を述べる
――最初は猿田彦　次に産び岩
　それから五合目のコノハナサクヤヒメ
　更にイザナギイザナミの石塔
　そして薬師岳の荒神《あらがみ》　仕上げは奥の院
弟は盃を空《あ》けうなずく
尽きせぬ神への思いはいつしか
亡き父母への思い出話に変わる
三更のお籠りの夜
二人とも月に嘯《うそぶ》き眠りに就く

〈僧にあらず俗にあらず〉

荘厳に夜は明ける
山の朝が白々となるや否や
清々しい冷気の中
身を翻して
男巫女の兄弟が
奥峰へ続く細径を
勇んで登る

元日祭

雪も止んだ元日の朝
故郷の小さな教会で
新年の祝詞を
白衣姿の祭主の兄は
清められた神前で
朗々と奏上する
お参りに集まった
大勢の信者さん達と共に
揺らぐ御燈明《みあかし》

祭壇を数本の御神酒や
さまざまのお供物が飾る
——高天原に神留《かむづま》り座《ま》す
尊い善男善女の声が唱和する

祝詞の奏上が終わると
護摩壇に向かって
兄は護摩を焚く
次々と投げ込まれる木切れ
赤く燃え広がる炎
高鳴る読経の声
それと呼応するかのように
「臨《りん》・兵《ひょう》・闘《とう》・者《しゃ》・皆《かい》
陣《じん》・裂《れつ》・在《ざい》・前《ぜん》……」
弟子の数人の口々から
周囲を切り裂くような
九字の印による
破邪の真言が発せられる
そして
読経が終わり
護摩の炎もやわらぐ

護摩焚きが済むと兄は
信者さん達の方に
くるりと向き直って
——新年明けましてお目出とうございます。
今年も皆様に神の御加護がありますように。
年頭の挨拶をして式を了える

その後が楽しみ
空籤無しの福引き行事
たくさんの籤が引かれ
一番　みかん一袋
………

七番　かがみもち
………
十三番　銘酒「八海山」四合瓶
………
役員は大忙し
信者の子供さん達には
兄から特別のお年玉が贈られ
どの子の顔も喜びで綻ぶ
しばらくの賑わいの後
三三　五五　信者さん達は
神前に頭を下げ　帰路につく
後に残った教会の役員たちは
神の御魂《みたま》を分けてもらうかのように
御神酒を盃に満たし
お下がりのお供物を頂戴し
兄を労いながら
鯛や蛸の刺身をほおばる
赤ら顔たちのささやかな直会《なおらい》が始まる

新円寂敬山教導居士
——兄逝く

通夜の客も帰った
真夜中の式場　善地院
たった一人で
あなたの遺影を見つめる

幼い頃
あなたと登った八海山
二人の遊び場だった
里宮の境内
二合目には亡父と亡母の

霊神塔が立っています
亡くなったあなたは
あの二人の処へ行くのですね

いつかの夏
あなたに連れられて
木曽の御嶽へお参りしました
いいお山でした
行者であるあなたは
縁《ゆかり》の場で祝詞を奏上し
登り道の老婆を背負い
剣ヶ峰まで軽々と
登って行きました
霧の賽の河原
青く澄んだ三ノ池の水
今も忘れられません

私と妻が帰省した折
あなたとあなたの奥さんと
私達夫婦四人で弥彦へ行きました
山麓のお宮やスカイライン
佐渡の海がきれいでした

出張の途中だといって
名古屋の私のマンションへ
よく訪れてくれたものです
二人で飲みながら
語り合った夜の思い出
二度ともうそういう日は訪れません

今夜はあなたのお通夜
あなたが淋しがるといけませんから
夜通し　線香と蠟燭の火を
絶やさず　お守りしましょう

あなたの戒名は
新円寂敬山教導居士

逝きし兄へ

あなたの夢をきのうも見ました
扉を開けると
あなたと甥の光《こう》ちゃんが
並んで笑いながら立っていました
みんなで座るお蕎麦屋さんの座敷
高校生の光ちゃんがジョッキの生ビールを
泡ごと飲んでむせっている
私もあなたもビールを飲みながら
それをニヤニヤ眺めている

今朝　古いアルバムを開きました
セピア色した中学生のあなたと小学生の私
八海山の麓　社殿の登り口　石段の下
二人の澄ました顔がありました
あなたは私の小さな肩に左手を廻している

里宮の前を流れる渓流で
夏のキラキラする陽光の中
幼い私達は魚釣りをしたり
パンツ一つで水泳ぎをしたものです

アルバムを閉じると彷彿する
ユニホーム姿の野球少年
ライトを守って　五番打者
あなたの活躍を信じて野球大会へ
父と二人で応援に行きました
ヒットを打って走る　得意気なあなた
グランドにひろがる私と父の喚声

本寺小路《ほんじこうじ》の喫茶店
高一のあなたは悠々とタバコを吸う
そして　照れながら　恋人の話を私に語る
私は目を輝かせ　微笑んで聞いていた
店内に流れるポール・アンカのメロディー

そんな日の春五月　父は死んだ
それから　私もあなたも思い知らされました
人生は苦しみの旅であると
その後　あなたは
木曽へ修行の旅に出ました
清瀧の瀧水に打たれたり　断食をしたり

父の二十年祭の直会の席で
私が詩を吟じ
あなたが舞った剣舞「川中島」

毎年　春になると行われる火渡りの行
赤々と燃え上がる炎の中に
勇壮なあなたの姿が浮かんできます

そんな日々の暮らしの中
小雪舞う深夜
あなたは人生の旅を終えました
愛しい妻と三人の子と一人の弟を残して
享年五十四歳

ならい

ここは木曽の山の中なのだろうか。それとも故郷の八海山の山の中なのだろうか。翡翠《かわせみ》の囀りが聞こえてくる渓沿いの道。水中を蛇が走る。道は山奥へと続いている。薄暗い栗林を通り過ぎると姿を現す小さな御堂。幽かに韻いてくる読経の声。御堂の前には一匹の小熊と一匹の狸、それに猿が一匹、栗鼠が二匹、それぞれが合掌し、読経に唱和している。御燈明《みあかし》が読経の主の顔を照らし出した。死んだはずの兄だ。〈ギャーティー　ギャーティ　ハラ　ギャーティ……〉心経を誦し終える。御燈明《みあかし》の火を消すと、白衣を翻し、御堂の広場に降りて来る。兄は可愛い動物達の頭を撫でながら、〈それではやるか……〉と語りかける。何が始まるのだろう、熊笹の蔭から眺めていると、兄は動物達と車座になって酒盛りを始めた。私は、なおらい、と小さく呟く。動物達は前に拡げた木の実や果物や川魚を楽しそうに食べている。兄は酒を盃に注ぐと、傍らの小熊に何か話しかけている。熊は頷きながら聞いている。私には薄明の出来事のように映る。

ひとしきり、にぎやかな直会が終わると、兄は得意の横笛を唇に当て、吹き始める。嫋々と山中に響きわたる笛の音、動物達は静かに聞き入る。その音が空に消え入るところ、七瀧の落下が見えてくる。頭上には亡母と亡父の幻。二人は微笑んで兄と動物達を見下ろしている。

霊神《かみ》に捧ぐ

里宮へお参りを済ますと
私と妻は二合目を目指し
ゆっくりと山径を登る
杉の葉の香りが匂い立つ山
小鳥の囀りが
青い天空に谺する
途中　幾度も小休止をとり

私達は汗を拭い拭い
ようやく二合目の
朱塗りの剝げた鳥居に着く

ここは
亡父《ちち》の昭嶽霊神
亡母《はは》の妙鏡霊神
亡兄《あに》の教覚霊神
あなた方三人の御魂が住まう処
やっと会うことが出来ました
今日は妻も一緒です
後で五人で酒盛りをしましょう

三つの石塔に
水をたっぷり掛ける
亡父と亡兄の石塔には
御神酒を頭から注ぐ

お供物を捧げ
榊を捧げ
御燈明《みあかし》を点ける
それから　私と妻は
並んで祝詞を奏上する

高天原に神留り座す　皇親神漏岐《すめらがむつかむろぎ》　神漏美《かむろみ》
の命以ちて　八百萬神等を神集へに……

――教覚霊神よ。我が亡兄よ。あなたが死んで七年目になります。私はあなたの死んだ年、五十四歳になりました。父の死後、あなたは教会の神主として、また行者として生涯を終えられましたね。本当に御苦労さまでした。他人には言えぬ苦労もあったとは思いますが、先達として倖せな日々を過ごされたことと思います。お酒の大好きだったあなたの為に、今日は麓から御神酒を用意して来ました。飲んで陽気に騒いでいた生前のあなたの顔が浮かんできます。

……天の御蔭　日の御蔭と隠り座して安国と平けく知ろし食さむ国中に成り出で……

――昭嶽霊神よ。我が亡父よ。あなたは私の十二歳の時に亡くなりましたね。それから世の荒波を泳ぎ、私は夢を追い苦学する若者となり、高校、大学と自力で出ました。今は学問と芸術に関わる仕事をしています。あなたが建てたこの小さな御社は猿田彦命を祭っていますね。その妻の天宇受女命は芸能の神様というから、その神にも御加護をお祈りしましょう。神に祈ることを最初に教えてくれたのは、亡父よ。あなたです。

……天の八重雲を吹き放つ事の如く朝の御霧夕の御霧を　朝風　夕風の吹き払……

――妙鏡霊神よ。我が亡母よ。あなたは私が五歳の時に亡くなりましたね。でも覚えています。毎夏、私の幼い手を引き、このお山の麓の里宮までお参りに連れて来てくれたことを。あなたは信仰深い惟神《かんながら》の使徒。私に生命を授けてくれた女《ひと》。ここにいるのは私の妻です。喜んで下さい。今日は一緒にお参りに来てくれました。険しい岩ごつごつの山径を転びそうになりながらも。その心を誉めてやって下さい。

……祓へ給ひ清め給ふ事を　天つ神　国つ神八百萬神等共に　聞こしめせと曰す

さあ　祝詞の奏上も了った
霊神《かみ》達と共に御神酒を頂こう

私達はビニールのシートを敷く
ここは亡父の席
ここは亡母の　そしてここは亡兄の席
それからここここは私と妻の席
私達は車座になる
揚げ羽蝶が霊神の庭を飛び回っている
お供物のお下がりは　笹だんご
チョコレート　それにスルメ等
やはり酒は「八海山」
父よ母よ兄よ　いざ　飲み給え
下戸の私も妻も
今日は盃を飲み干します
私達五人はほろ酔い気分になる
そよ吹く山風に浸され
ささやかな直会を終え
夜見還りの儀式も済んだ
麓へと下ろう
三柱の霊神に掌を合わせ　祈る
〈亡父よ亡母よ亡兄よ
　私と妻を護り給え〉

兄が好き

銭湯を出　私とジャンケンをし
勝った私を背負って
家まで帰ってくれた幼い日の兄が好き
野球の巧かった兄が好き
登山を愛した兄が好き
背がスラリと高く
若い頃　少し不良っぽかった兄が好き
歌の得意だった兄が好き
酒飲みだった兄が好き
私が病で倒れた時

田舎から駆けつけてくれた兄が好き
八海山の七瀧に打たれ
修行を積んだ兄が好き
月の夜　漢詩を作っていた兄が好き
祝詞を誦み太鼓をたたき
お勤めをしていた兄が好き

私を残し若くして死んだ
兄なんて　大嫌い

思い出の登山

二十歳の兄と
十五歳の弟は
八海山麓の神楽殿で
神楽を舞人に奉納してもらう

見つめる兄弟の頭上
清らかに降る
美しい巫女の鳴らす鈴音
それから兄と弟は
しずしずと玉串を捧げる
亡き父母の招魂の為
高らかに柏手を打つ

――山に登れば亡父母《ちちはは》が喜ぶ

里宮の修行場
二人は身を清める
軽やかな白衣姿
右手に持つ金剛杖
七瀧への登山道をゆく
――七瀧への道を開いたのは父さんだよね
　人夫を大勢やとってさ

――そうだ　心して登らなくちゃな
二人は小径を歩みながら話す
苔むした大きな岩
木霊するほととぎすの声
清水で口漱ぐ

辿り着いた瀧壺の側
一休みする兄弟
やがて兄は縁《ゆかり》の瀧に打たれる
全身を襲う瀑水
兄の朗々たる祝詞の韻《ひびき》
弟はクレパスでその光景を描く
しばし草に寝てまどろむ

――あ　鷺！
兄の叫声に弟は起きる
雲一つない碧空を

悠々と円を描いて飛ぶ
二羽の白い鳥
いつしかその姿が遠去かる
――死んだ父さんと母さんが会いに来たのかもね
　鳥に化《な》って
快活に告げる弟
――そうかもな
兄はお神酒を飲み干す
山風がそよと吹き抜けてゆく

兄の修行

初めの一週間は野菜食
次の一週間は普通食
次の一週間は野菜食　果物はなし
さらに一週間は普通食

そして　火で調理した食は
一切食べない火断行に移る
石臼で挽いた
蕎麦粉だけで一週間を過ごす
体が慣れてくると
いよいよ断食行に入る
最後の一週間は塩を断って
水だけで過ごす
そんな修行を兄は成し遂げたのかと
私は驚愕する

何がそうさせたのだろう
単に世襲ということだけではないと思う
若い頃の
放蕩無頼の生活の後の空しさが
兄にそうさせたのか

いつか御嶽山に兄と登った時
夕闇迫る田ノ原の縁《ゆかり》の場に
兄と共に祝詞を捧げた
山小屋のおじさんが
親しそうに兄に話しかける
――また修行にいらっしゃいよ
その温かい眼差しに
兄は静かに頷いていた
小雨降る賽の河原
霧の剣ヶ峰
三ノ池の水の青さは空恐ろしかった

兄の修行
私にはとてもかなわぬことだ
きっと幻覚も幻聴もあったに違いない
兄よ　あなたは何を見ましたか
そして何を聴きましたか

私の瞼に瀧の落下が浮かんでくる
兄は町には住めない人だったのだろうか

兄の息子は
父兄参観日で
教室の後ろにいる
背が高くカッコイイ自分の父を見て
それが自慢だったという

いつか兄は私に言ったことがある
心が動揺したりした時は
自分の呼吸を一つ　二つ
と数えてみな
落ち着くものだよと
爾来そうすることが癖になった

以前　鳳来寺山へ登った時
山道の傍らに
役《えん》の行者の座像があった
その時　すぐに兄のことを思った

榊の葉が献じられ
神前では
兄　教覚霊神の十年祭が始まる
私は心の中で竪琴《リラ》を奏でる
その清らかな男巫女の魂へ

炎を秘めて

滝に打たれたり
断食を重ねたりする
荒々しい行者の血
そして

玲瓏たる神殿で
おごそかに祝詞を上奏する
心美しい神官の血
その両者を併せ持った父
兄もまた
父の歩いた道を歩いた
十五の時からおよそ十年の毎夏
木曽の御嶽の山林に入り
数日間の修行を積んでいた
兄は私と違って
頑強な身体を持っていた

私は父や兄の進んだ道を歩かず
ひたすら文学の道を歩んで来た
でも　やっぱりイケナイ
気がついたら夏ごとに
霊山の参拝登山をしている

そこで我身を振り返る

学生の頃
軽四のトラックで
ポリ容器に詰めた
塩酸や硫酸の運搬をしていた
片手運転でタバコをふかし
鼻唄を歌いながら
あるいは
デパートの贈答用品の
配達を軽くこなしていた
かと思うと
清浄な神社奉仕
玉砂利の庭掃きや
心静かな朝のお勤め
祝詞の上奏に浸っていた
受講もそこそこに

バイトに明け暮れながら
詩や小説を書いていた日々
私の大学は
学内《うち》に学問の教科書があり
学外《そと》に人生の教科書があった

父や兄に流れ
私の身にも流れている
誇り高い神道主義の血
その猛きざわめきに
突き動かされ
いくたびも重ねて来た
壮年期の
遥かな国々への
山訪ね
神訪ね

すでに愛《いとお》しい
父兄《ちちあに》もない私は
この先変らず
和魂《にぎたま》と荒魂《あらみたま》のとよむ
男《おとこ》巫女《みこ》の世界を突き進もう
胸に炎を秘めて
古き書物を旅し
まだ見ぬ異境《くにぐに》を巡って

（父よ兄よ　わが生を見そなわし給え）

詩集『梓弓』（二〇〇六年）抄

花月

天狗山伏の棲家
広大な霊山
漲り落ちる山中の瀧つ瀬
幼い日の俺の峰入り
年毎のその甦りの儀式
その山に登り続けたせいか
俺は心の片隅に
憂世のことなど
取るに足らぬこと
という思いを
若い頃に持ってしまった

今宵
薪能〈花月〉を観る
烏帽子を著け
弓矢を携えたシテが現れる
七つの時に天狗に攫われた
半僧半俗の少年に
己れを見る
〈……月ハ常住にして言
ふに及ばず。さてくわ
の字ハと問へば、春ハ
花夏ハ瓜。秋ハ菓《コノミ》冬ハ
火。因果の果をば末後
まで。一句乃為に残す*〉。
謡《うた》が流れる
俺の貧しかった青春時代のようだ
懐かしい男や女の顔が
夜の闇に浮かぶ

〈……今の世までも絶え
　せぬものハ。戀と云へ
　る曲者。げに戀ハ曲者。
　くせものかな。*〉

かつて私は
その恋に身を投じ
ぼろぼろになったことがある
以後
恋に身を灼くことなどには
背を向けてきた

あれから
花月が山々を経廻ったように
俺も訪ねた山の数々
近江の太郎坊
名高き比叡山
美しき花の吉野山
富士の高嶺
三河の猿投山《さなげやま》

遊狂の喝食が羯鼓《かっこ》を打つ如く
俺は俺の夢をノートに綴る
花月はささらを捨て
父と共に仏道修行の旅に出た
さて父の居ぬ俺は何としよう
俺には心通わせ
語り合う大切な人達がいる
彼等と美酒を飲み交わしたら
俺は詩心の旅に出ようか

三日月が薪能の庭を照らしている

＊〈〉引用は謡本「花月」（檜書店）より

三河八橋

——水ゆく河のくもでなれば、橋を八つわたせる
　によりてなむ八橋といひける
（『伊勢物語』）

名鉄三河八橋
無人の駅を降り
バス通りに沿って歩く

左手に日吉神社
その隣が有名な無量寿寺
裏手には廻遊式庭園
傍らに苔むした石塔一つ

旅行く業平を
都から追って来た
中納言　篁《たかむら》の娘
杜若姫《かきつばたひめ》の墓だ
彼女はこの川の畔で
愛《いと》しい男に追い着いたが
その心を得られず
自らをはかなんで
入水し果てたという
（色好みの男と女よ）

「昔男」の旅の一行
その沢の木の陰におり
腰を下ろし乾飯《かれいひ》を食べ
かきつばたという五文字を
句の上にすえ
「昔男」が旅の心を詠んだ

〈から衣きつつなれにしつましあればはるばる来
　ぬる旅をしぞ思ふ〉

いとおもしろく咲いた花々
〝かきつばた祭り〟の時は
池の花が見事だった
道の向こうには逢妻川
その上空
鳥が羽ばたく
雲が流れる
「昔男」の
「えうなき身」の旅愁が漂う
己れを無用の者と
位置づけ得ない人に
一体　何の文学が獲得できようか
私は
初春の川風に吹かれながら
心の中で
そう呟いた

石碑

病院帰りに見た
バス通りに面して
立っている志士の大きな石碑

その碑は
刈谷藩士宍戸弥四郎の
生誕地を告げている
私はしばしば碑文を辿る

江戸詰めの頃
窪田助太郎の山鹿流の
兵法を弥四郎は学んでいる
藩では小姓を勤め

やがて官を辞し
関東各地を廻って
勤皇の志士と交わっている

同藩出身の
天誅組総裁松本奎堂
彼と共に
中山忠光を主将として
尊王倒幕の兵を大和に挙げる
合図係をつとめ
事志を得ず鷲家口《わしかぐち》で戦死

けれど生命《いのち》を滾《たぎ》らせるものが
あったあなたは幸福者《しあわせもの》
志高く生きる喜び
男とは自らに課した目的《もの》に
全的に切り込める人を言うのだろう

そこに迸る一点の真剣味

今日
あなたの碑を仰いで
改めて感じられる
本当に人生を愛することの意は
国事であれ
芸術であれ
恋愛であれ
力強い一途な真心を持つことだ
〝それさえあれば〟
私は碑文にそっと語りかける

談山神社

全山紅葉の多武峯《とうのみね》

談山神社の参道を歩く
瀬音もさわやかに
響く倉橋川

鳥居をくぐり
右側の広場で小休止
日曜の今日は
大勢の参拝客で賑わっている
朱塗りの社殿が
秋の陽を浴び美しい

中大兄皇子と鎌足が
国家の行く末を語りあったという
密議の内容が
漏れたら
大変だっただろうに
そう思いながら

石段を上る
素敵な女学生達が
スナップ写真を撮り合っている
ルーズソックスなど穿いていない
神域には濃紺のソックスが似つかわしい

本殿の西側には
七輪の相輪がそびえる十三重塔
「けまりの庭」では役員が
けまり祭の準備をしている
鎌足と皇子の出会いは
〝けまり〟に始まるもんな
私は一人で得心している

山は神奈備《かんなび》の祭場
折しも聞こえてくる楽の音
健康と長寿

秋の実りを祝う祭
神前では村人が
心をこめた神饌を供え
祈りを捧げている
私は村人の
多武峯信仰の深さを考える

きその宵
多武《タフ》の峰より　おり来つる
　道を思へり。
　心しづけさ*

折口信夫の歌が浮かんでくる
この山に時あって
神の来臨がある
多武峯は天との架け橋
私はそう心に呟きながら

くれないの葉の上
澄み切った真昼の青空を
あらためるように振り仰いだ

＊引用歌は『春のことぶれ』〈多武峯〉（折口信夫全集　第廿一巻）所収

祭の夢

昨夜も見た
故郷の八幡さまの
春祭の夢

＊

水干姿の
鉄棒引きの神人が

道の両側を通り
露払いが通る
――エートマカセー
と奴さんの行列
長柄笠回し
毛槍が通る
笠鉾　大鉾の行列が続く
白い旗　紅い旗の後に
長刀を杖にした天狗が
一本歯の高足駄を鳴らす
(――家の前で天狗が転ぶとその家は火事にな
ると言われている)
凜々しい弓持ち隊が後に続く
ついで鷹匠
祭鉾
日の鉾
月の鉾

白い幣束がいかめしく通る
太刀
榊が続く
玄武　青龍の旗が翻る
再び露払いの声
私の記憶にある幻影
夢の中をきらびやかに通る
白粉《おしろい》を施し
神妙な面持ちの稚児の行列
私はその美しさに嫉妬したものだ
御輿が静々と通る
鳳凰がキラリと輝く
禰宜さんの後で
白虎と朱雀の旗が
春風にはためく
木製の御神馬が続き
八幡さまの象徴

八っつの旗と鳩が続く
内陣の鉾
応神天皇の鉾
榊
再び稚児の行列
二台目の御輿が通る
指貫姿の宮司さまが通られ
氏子の行列
――えい　ドン
と三つ巴の太鼓が厳かに響く
横笛の唱和が高鳴る
押す槍十本が続き
大羽熊という毛槍の行列で
渡御は終る

＊

夢の中で行列が遠のくと
子供たちは売店の立ち並ぶ
八幡さまの境内へ急ぐ
狐の面やひょっとこ面をそれぞれ被り
キャアキャアいって綿菓子を舐め
スマートボールを楽しむ
当たっても倒れない
射的をやり
残念賞のキャラメルをもらう

祭礼の幟がなびく
夕方の境内
行列を終えた祭男たちの
舞い込みが行われる
参道は鉢巻きをした幼児を
肩車のお父さん達でごった返す
ワッショイ　ワッショイ

と本殿の周囲を三回駆け回る
御輿が激しく揺れながら走る
天狗も走る　神人も走る
大勢のお父さん達の掛け声が走る
上空では鳶が
祝福の韻を挙げる
祭男たちは各々祝い酒を飲み
舞い込みが終わる

夜　家では来客がたくさんあり
大人たちの酒盛りが始まる
ご馳走に夜更しをする子供たち

＊

夢に見るなつかしい祭
それは故郷の三条祭

身も果てず

――みも果てず空に消えなで限りなく
厭ふ憂き世に身の帰りくる
（『伊勢日記』より）

あなたと別れ
私はどこへ
孤独なこの魂は
身を焦がした愛
それも夢のように
はかなく消えた
今は他人のものとなったあなた
摂関家名流の御曹子
恨んでもせんないこと
私は宮仕えを辞し
父の任国大和へと帰る

父の家に
滞在した三ヶ月
古い寺々を詣でた私
冬の日
詣でた寺　龍門では
雲の中より滝が落ちる
私の恋心も落ち
涙溢れとまらない
今では都の御息所から
再びのお召しがある
身も果てず
そう　死ぬことも出来ず
彼の空にこの身が
すい込まれることもなく
悲しい思い出ばかりの憂世へ
余儀なく
戻っていこう
死んだ気になって

ふりかえれば

――『更級日記』断章

夫に先立たれ
悲嘆にくれながら
黄昏の寂光に我身をふりかえれば
私の一生は何だったのだろう
心から満足するものに
私はめぐり逢ったことがあるだろうか
后の位も何かはせんと
物語の世界にあこがれ

昼も夜も読んでいたのは少女の頃のこと
夢見た愛しい男性《ひと》の訪れも
私の身には起こりはしなかった
幻滅の悲哀を味わおうとは
幼い時　旅の途中で聞いた
帝の姫を奪い盗り
東国へ逃げた竹芝の男の話も懐かしい

あれはたしか足柄山の遊女
難波わたりにくらぶればと
めでたく歌い山中に消えていったのは

ゆらゆらと眼前に浮かぶ影の人
琵琶の名手と交わした
春秋の優劣を論じた宮仕えの夜の思い出

光源氏　薫大将と現実にはないものを
はるかかなたに
夢見たおろかな私

それでも人並みに
夫に連れ添い子にも恵まれたことを
喜ばねばなるまい

それに石山寺へも初瀬にも
仏道に惹かれ
参籠できたことをも幸福と思わねば

心静かに記そう
私の胸をしめつける数々の思い出たちを
何物にも換え難いこの宝物よ

いま久しく訪れぬ人に心を贈ろう
――しげりゆく蓬が露にそほちつつ
人にとはれぬ音《ね》をのみぞ泣く――

梓弓

――あづさ弓ま弓つき弓年を経て
わがせしがごとうるはしみせよ
(『伊勢物語』)

今日は姉上様のご主人、兄上様が都へ上る日です。私より八歳も年上の姉上様は機織りが巧みで、見事な反物を織ります。私も姉上様の仕事をお手伝いしております。兄上様が都へ上るのは、姉上様の織った反物を都まで馬で運び、洛中の市や殿の館で商いをするのが目的です。姉上様も兄上様も妹の私をこよなく可愛がってくれます。

朝早く兄上様一行は都へと出立いたしました。その日から二十日ほど経ちました。半月もすれば帰ってくることになっておりましたが、この度に限りお帰りが遅うございます。姉上様は兄上様の身に何かあったのでは、と心配な様子です。今日こそは帰って来るのではないかと、里のはずれの橋のたもとまで出迎えに行くのですが、夕方、とぼとぼと姉上様はただ一人帰って来ます。山の端に夕陽が沈むのを眺めながら、姉上様は溜め息をつくばかりです。一月《ひとつき》経ち三月《みつき》経ち、半年経ち、小雪舞い散る冬がやって来ました。そして兄上様のいない最初の正月を迎えました。必ず兄上様は帰って参りますよ、と私は姉上様を元気づけておりました。召使いの何人かも同じように姉上様を元気づけているようでした。春、家の前を流れる小川のせせらぎが高く聞こえ、野に菫の花が匂っても優しい兄上様はいません。姉上様は兄上様と二人で倖せに暮らしていた頃のことを思い出しながら淋しそうにしておられました。その淋しさを打ち消すかのように毎晩、機を織っていました。夏の夜など、庭に機織り台を引き出し、月光を浴びながら、虫の音《ね》も途絶える頃まで、機を織ったものです。そんなふうに過ごしているうちに早くも三年の歳月が流れました。

最近になって姉上様にねんごろに求婚して来る人が現れました。その人は都の役人でした。夫が消息不明で三年も経てば、他に嫁してもかまわない慣習もあり、姉上様はその人と結婚の約束を交わしました。そしてその人と新枕《にいまくら》する夜に兄上様が帰って来ました。

「この戸あけたまえ」と言う兄上様の言葉に姉上様は「三年もの間待ちくたびれて、私はちょうど今夜、新枕をかわすのです。」と戸も開けず、返事をしました。すべてを察した兄上様は、戸の外でこう言いました。「年月を重ねて、私があなたを愛したように、新しい人に親しんで下さい。」そして兄上様は立ち去ろうとなさいました。その兄上様の言葉を聞いた時、姉上様の脳裡に兄上様との楽しかった日々のことが、次から次へと浮かんで参りました。そこで姉上様は「あなたのことを昔から愛しておりました。」と胸の思いを告げましたが、兄上様は無情にもその場を去っておしまいになりました。姉上様はもう今宵新枕することなどすっかり忘れてしまったかのようです。姉上様と私は兄上様の後を追いかけました。心の臓がもともと悪い姉上様は苦しそうでした。森の梟が三日月の空に不気味に鳴いております。それでも姉上様と私は暗い夜道を駆け、清水の湧く泉のところまで来ました。姉上様は苦悶の色を見せ、そこで倒れ伏してしまいました。そしてそこにあった大きな岩に指の血で、たどたどしく歌を一首書き記しました。

あひ思はで離《か》れぬる人をとどめかねわが身は今ぞ消えはてぬめる

書き終えると、姉上様はぐったりと息絶えてしまわれました。私はただ悲しくて涙を流すばかりでした。

あしからじとて

――あしからじとてこそ人のわかれけめ
なにか難波の浦もすみ憂き
（『大和物語』）

この摂津の国で、あなたと暮らして十年近くもの歳月が流れました。その間、私は倖せでした。春の花見、夏の川遊び、秋の月見、冬の夜祭りと楽しみも多ございました。けれども、この二、三年、大風や洪水が続き、作物も穫れず、私達の暮らしむきなども、たいそう悪くなってしまいました。召し使う人なども、一人減り二人減りして、だんだん居なくなり、しまいに私達夫婦、二人きりになってしまいました。私達の家だけが貧しくなったわけというのではなく、村里全体がうち続く飢饉のせいでそうなってしまったのでした。貯えのあるうちは何とか二人で過ごして来ましたが、心細くなってきたあなたは、ある日、私にこう言いました。「私はどのようにしても過ごすことが出来ますが、このような有様では、そなたが気の毒です。そなたは都へ上って宮仕えなさい。すこしましなようになったら、私を訪ねて来て下さい。私も人並みになったら必ず訪ねて行きましょう。」と。そう約束して、私は縁者を頼って、泣く泣く都に上って来たのでした。思い出の川や思い出の森を後にして。

私は京のある身分の尊い人の所に仕えました。宮仕えして三年の月日が経ちました。その間、摂津の国で暮らしているあなたのことを片時も忘れたことはありませんでした。ついでのある時に、よく手紙をことづけましたが、あなたからの便りは得られませんでした。館で催される花見の宴や管弦の遊びのある折など、私もむかしは恋しいあなたと共に宴を楽しんだのに、と涙を浮かべました。あなたはどうしておいでなのでしょう。

そんなふうに暮らしているうちに、殿の北の方がお亡くなりになりました。そして、しばらくしてから、殿は私に心をとめられ、私は請われてその殿の妻になりました。何不自由のない暮らしの中で、ただ一つだけ気がかりだったのはあなたのことでした。私は難波に祓えをしてもらいにいきます、と理由をつけて、殿の許しを得、出かけることにしました。車に装束し、供の者を従えて。

難波で祓えを済ませると、私はむかし、あなたと暮らした家の辺りを訪れました。懐かしいあの家はすでに跡形もなくなり、あなたの行方もわかりません。夕陽が山の端に傾きかけ、彩雲が美しい景色の中を、私はむかしを偲んで、車から降り、小川の畔りを少し歩きました。しばらく物思いに耽っておりましたが、どうしようもなく、また車に乗りかけました。その時でした。川原から芦をになった乞食のような姿をした男が、車の前を通り過ぎて行きました。その芦を刈って、売り歩く芦売りは、よく見ると、私のさがし求めていたあなたではありませんか。私は供の者の手前、いきなり声をかけるわけにもいかず、供の者に命じて、あなたを車の側へ呼び寄せてもらいました。たしかにあなたでした。やむなく別れ別れになってしまい、一日たりとも忘れたことのなかったあなたでした。私は頬に涙を浮かべ、「ほんとに気の毒なあなた、こんな芦を売って生活しているあなた、どんなにかつらいことでしょう。」と話しかけ、「あなた。私ですよ。あなたと別れて都へ上った私です。」と懐かしいあなたの両手を取りました。あなたはそんな私の様子に、はじめは怪訝そうに思っていたようですが、やっと私だと気がついたらしく、「あ、そなたはわが妻。」と叫んで、芦も投げ捨て、逃げてしまいました。きっと自分のみすぼらしい姿を恥じたのでしょう。私は供の者に跡を追わせました。やがて供の者は、一通の手紙を持って来ました。それには

君なくてあしかりけりと思ふにもいとど難波の
　浦ぞすみ憂き

とありました。私はその場に泣き崩れてしまいました。

やっとあなたと会えても、もう、むかしの二人には戻れないことを、私は悟りました。供の者に命じて、都への帰路に就きました。車の中で、こう呟いておりました。「あなた、すこやかにお暮らし下さい。もう二度とお目にかかれないでしょう。楽しく過ごしたむかしの思い出を抱いて私は生きてゆきます。難波の神よ、あの人をお守り下さい。」と。

大津皇子

——百伝ふ磐余の池に鳴く鴨を
今日のみ見てや雲隠りなむ

大津皇子臨終の歌。題詞に「大津皇子被死之時、磐余池陂流涕御作歌一首」とある。朱鳥元年十月三日、皇子は訳語田舎で謀反、あるいは謀反を口実に死を賜った。父天武天皇が世を去り（前月七日）一ヶ月も経ていない時である。文武両道に長じたこの貴公子は抹殺されるべき宿命を負っていたといえる。皇子より二つ年上の唯一の姉大伯皇女の悲嘆は如何許りであったであろう。私はここで悲劇の姉弟の無念のあらましを記し、その歌境に触れることが出来たらと思っている。

＊

——このように東西吹き晒しの山の頂ではそなたの魂の安まる事は無いでしょうね。寂しかったですか。随分とそなたに会いに来ずにいましたものね。許して下さいね。昨日の雨で道が濡れていて、難儀をしました。道々ああ弟が泣いている。早く行ってやらねばと思って、今日は白くて鈴のような花を着けた馬酔木をそなたに大切に持って来ました。私がそなたの墓参りを済ませて帰っても、この花を私と思って心を慰めて下さいね。今はもうどんなに歎いてもどうにもなりませんもの。私が最も愛してやまなかったそなたが御謀反を企てたという廉で処刑されたと聞いた時、私の胸は悲しみに張り裂けんばかりでした。あの悲報が、あの当時、私が仕えていた伊勢の斎宮にもたらされた時、私は息が詰まり、両手に捧げ持っていた榊を思わず落としてしまいました。よもやと思っていましたが。私が都へ召し返された時はすべてが終っていました。何という酷いことをあの御方はなされた事でしょう。私とそなたの御母君の御妹様であられながら、御母君がお亡くなりになると、これで後宮での競争者はいなくなったと心中密かにお喜びになり、政事の真只中にまでお姿をお現しになりましたもの。それからというものあの御方のなさる御様子はまるで外国《とつくに》の呂后のようだと私には思われてなりませんでした。

思えばあの頃から、そなたの悲劇は始まっていたのでしょう。あの御方は政事に御援助御進言という形で国の官僚組織をお整えさせになっておられましたが、今にして思えば、あれはすべてあの御方の御子、草壁皇子様を皇位にお就かせになさろうというわが子可愛さからなされた事だったのです。その最初の行動として、あの御方は御父君の御治世八年五月に、御父君をして吉野へ御行幸おさせなさいました。吉野は御父君にとっても思い出の地だったので、御心がお動きになったのでしょう。そなたや草壁皇子様、高市皇子様、六人の皇子達をはじめとして、多くの群臣を従えて、威風堂々とおでましになったということでした。御父君は御行宮の御庭でそなた達、六人の皇子をお集めになられ「朕が男共各異腹にして生れたり。然れども今一母同産の如く慈まむ」と仰せられ、その御襟をお披きになられて、そなた達をお抱きになり、また「若も茲の盟に違はば、忽ち朕が身を亡さむ」と盟われたということでした。そしてあの御方も同じ様に盟われたという事でした。よくも其の様な事が盟われたものですね。それはつまり皇位継承者はわが子草壁皇子であるという事をそなたや他の皇子達に同意させる為の手立てではなかったのではないですか。きっとそなたもそれにあの壬申の乱で吉野の軍勢の先頭に立って御活躍なされ、勇名を馳せた高市皇子様も白々しい気持ちを抱かれた事でしょう。きっと御父君でさえ、そうだったのではないですか、とんだ人情劇だったことですこと。そなたが草壁皇子様よりも器量才覚ともに秀れていたのは姉の私が、贔屓目で認めるだけでなく、臣下の主だった者達皆そう見做していました。

吉野で見せ掛けの誓いが行われて二年経つか経たぬうちに草壁皇子様が皇太子になられました。けれども御父君もあの御方もさすがにそなたを朝政に参与させないわけにはいかなかったのでしょう。立太子の御儀式が執り行われて、二年後、そなたも朝廷の政務を執り始めました。あれは確か十二月の二日己未の朔でした。朝廷ではそれから間もなく爵位の称号が改められ、その時、そなたは浄大弐の爵位を賜わりましたね。あれは太政大臣の位に匹敵するほどの爵位だったでしょう。私には充分すぎるほどよくわかっておりました。明朗闊達で人望の高かったそなたがこの国の御治世に関与するに足る知力を備えている人であることは。でも心中不安で堪りませんでした。そなたがあの智謀と実力の渦の中で段々追い詰められていきはしないかと。それなのにそなたは私の心配をよそに、その頃、宮廷でも屈指の容姿と才能とを謳われた石川郎女殿と契りを結んだというではありませんか。郎女殿に懸想された時はきっと郎女殿に振り回されたことでしょうよ。一度など約束を破られたというではありませんか。そなたはそのことを咎めたとか。可笑しくなってきますね。でもそれに対して郎女殿は随分機智に富んだ歌をそなたに贈って、艶にそして優しく謝られたとか。権力の世界ではそなたは敗れたかも知れませんが、恋には勝っているのですよ。だって草壁皇子様も郎女殿に御歌を贈られたということですからね。今ですからこのように寂しく笑ってお話できますが、あの頃は気が気でありませんでしたよ。そなたと郎女殿の密事を津守連通殿が占って、告発したというではありませんか。でもきっとそのこともあの御方の陰での意志が有ったのでしょうね。風の便りで私がそなたのことを聞かされる度に、伊勢の神にそなたの無事を唯祈るばかりでした。愛しいそなたのことを斎宮として神に仕える私にどれほどの力添えが出来たというのでしょう。思えばそなたの立場は非常に危険な立場でした。あの御方はそなたの身辺に絶えず、監視の目を向けておられたことでしょう。そのうち御父君は御健康がおすぐれにならず、束間温湯へ御行幸なさるようなお話でしたが、御病気が徐々に悪化され、それもならず、その年の仲冬の寅の日に例の招魂が行われたということでした。法蔵法師殿と金鐘殿とが白朮《おけら》の煎じたものを御父君に奉りになったとか、一時回復の兆が現れたとのことでしたが、それも束の間のことでした。私の居りました伊勢へも多紀皇女様、山背姫王様、石川夫人様が御父君の病気平癒の御祈願に参られました。人々のあらゆる努力も空しくとうとう御父君はお崩《なく》御なりになられました。御父君が崩御されるかされないかという頃でした。そなたが密かに伊勢の私のところへ下って来ましたのは。天皇の危篤や死という大事の時は、そなたのような身分の高い者はその行動を慎しまねばならぬと、随分と私はそなたを窘めましたね。でもそのような時、私を訪ねて来るのは余程の事情があるのだと思い、そなたを厚く迎え入れました。そなたにとっては私が気を許せる唯一の肉親だったのでしょう。沈鬱な面持ちでいるそなたを労り励ますようにして、そなたに従って来たのは礪杵道作でしたね。あの人は伊豆に流されてしまいました。荒海の果てで、そなたのことを思って歎き悲しんでいる事でしょう。そなたはその晩、伊勢の神が静かに見守る中で、はらはらと涙を流しながら、思いの丈を語ってくれましたね。そなたがあの時、私に語ってくれたようにそなたの運命を決定的にしてしまったのは、御父君の「天下の事、大小を問わず、悉に皇后及び皇太子に啓せ」というあの詔だったのです。死の床にあった御父君ももう御自分の御命が助からぬことを御自覚なさったのでしょう。御父君としても他にどうなさることが出来たでしょう。あの御方は御自身と皇太子への御声望を高める為に、寺々へは御加封をなされ、更に調の軽減をなされ、大赦を執り行われ、他の諸皇子方へは破格の御加封をなさいました。その中でそなたは、次第に孤立してゆかねばならなくなりました。辛かったことでしょう。私には痛いほどよくわかっていました。そなたの胸の内が。あのちょっと前でしたか、難波の大蔵省から出火し、宮室が全焼し、続いて、忍壁皇子様の宮の火事が延焼して民官の倉庫が焼けたという暗い事件が起こりましたね。不思議なことは、武器を納めておく兵庫職だけは焼けなかったということでした。あれこれと考え合わせながら、暗い火影に揺れるそなたの悲痛な表情を見て、あの時、私は何を為すべきだったのでしょう。私にどのような手立てがあったと思って。そなたは皇子としては、あまりにも美丈夫でありすぎていました。新羅の僧行心がそなたを見て、人臣の相にあらずと言ったそうですが、あの時、そなたはその言葉とはうらはらに坐して死を待つ覚悟だったのですか。じっと何かに耐えているそなたを都へ返す時、都へ帰したくないとは思いながらも、私は門口に立って何時までも何時までも見送っていました。もう秋も晩い頃で、夜露がしっとりと私の全身を濡らしていました。あたかも一番鶏が鳴くまだ暗い時刻でした。そなたは私の方を振り返り振り返りして、暗い闇の中へその姿を消して行きました。あの困難な山道をそなたは礪杵道作以下僅かの従者を供にどのような思いで都へ帰って行ったのでしょう。私はそなたの行末を案じて悲しみの涙をしとどに流してしまいました。それから間も無くでした。そなたの処刑を知らされたのは。そなたの妃皇女山辺殿は狂ったように髪を乱し、裸足で後を追い、見事な殉死を遂げたという事でした。そなたの妃らしく天晴れな方でした。そなたがいまわの際に残したあの歌は何と切ない調べなのでしょう。宿命として諦めてはいながらもなおこの世への最後の愛着があの歌に奏でられていますね。きっとあの調べは未来永劫に人々の魂を揺るがさずにはおかないことでしょう。その無念やるかたない血みどろの魂を思う度、幾度私は涙を流したことでしょう。齢まだ二十四歳という死ぬには何とも惜しかった。そなたの眼にはそなたが朝に夕べに親しんだあの磐余の池に鳴く鴨が、そなたの魂を運んでくれるかと思われたことでしょう。そなたの末期の眼に映じた世界は何と哀しく何と美しかった事か、夕陽が赤々と燃える彼方の二上山はそなたの死をきっと悼んでいたことでしょう。その二上山の雄岳の山頂にこうして葬られようとは、そなたもつゆ思わなかったでしょう。

風が寒くなって来ました。またそなたに会いに来ましょう。私がこうして訪ねて来たらまた一緒に涙を流しましょう。そなたが伊勢へ竊かに私を訪ねて来たあの晩のように。

詩集『**舞ひ狂ひたり**』（二〇〇九年）抄

舞ひ狂ひたり

――春日井建兄逝く

建さん
あなたの訃報に
触れた時
――逝くには早すぎやしませんか
思わず私は呟きました

二十二歳
歌集『未青年』
前衛短歌の新星として
デビューしたあなた
短歌創作の一方
ドラマやラジオの脚本も手がけ
演劇運動にも活躍
（古事記をヒントにあなたが演出した「お父さまの家」は楽しかったですね）
歌誌「短歌」の編集発行
（ここには私は「万葉の恋歌」を連載させてもらったものです）
ついで〈中の会〉への多大な尽力
二〇〇〇年
『友の書』『白雨』で
迢空賞を受賞したことなど
広く知られているところです

あなたが三十五歳
私が二十九歳の時
あなたの父上瀇先生より
あなたを紹介されました

以来　時々喫茶店で話し合ったものです
語らねば更けなかった夜々

あなたが書いたラジオドラマ
「赤猪子《あかいこ》」の録音テープを
あなたの書斎で聴いた夕《ゆうべ》の一刻《ひととき》
その後　定家や俊成について
心ゆくまで論じ合ったものです
静かにゆっくりと
うなずくのはあなたの癖でした

忘れられない
尾張国府宮の儺追《なおい》神事
それに参列した夜の思い出
昼の裸祭で
神男を務めた儺《おに》のむごたらしい赤い背
かいま見た二人ともびっくり
思わず顔を見合わせたものです
儺鼓《だこ》が鳴り
庭に神男が降りて来た時
その面《おもて》を映す左義長の炎

〈火祭の輪を抜け来たる青年は霊を吐きしか死顔
をもてり[*1]〉

あなたの名歌のその顔
二人ともそう言って頷き合いました
神男は神事から言えば儺
そこで取り出す
あなたの古い色紙
懐かしい
花祭の折の歌

〈悲しみを問へ問へ問へと笛の音いつしかも鬼は

舞ひ狂ひたり〉[*2]

鬼は見事にその芸術的生を
舞い狂い得ましたか
残されたこの身も
詩的生命を舞い狂い続けましょう
あなた同様に

＊1　春日井建の歌
＊2　春日井建の歌

光ヶ丘の家
――三人の歌詠みに

光ヶ丘の
その家を訪れる時は
いつも心が弾んだものだ

その家には
三人の家族
そう　聖家族が住んでおられた
春日井瀇先生
そして政子夫人
御子息建兄
みな互いが互いを敬愛しておられ
三人が三人とも歌詠みだった

ちょうど今から三十年前
瀇先生主幹の歌誌「短歌」に
私は私の物語詩「大津皇子」を発表した
それ以来親しく
その家に出入りするようになった

それぞれの勤めを終え
夕食の和やかな語らいもすむと

端厳な父と
淑徳な母と
温雅な子が
時に三者三様の鬼となる

〈父母が書きわれまた書きし夜々は團欒に似つつ
寧からざりき〉[*1]

建兄の歌だ
その家は
並の家ではなく
芸術に身を削る鬼の栖だ
私はその住人をこよなく愛した
見事な白髪の瀇先生は
――書けョ――
と原稿の催促をされながら
私を叱咤激励してくれた

政子夫人は私に
いつも優しく接してくれた

ある夜
私は所用があって
建兄を訪ねた
談論風発
私は激しい口調で
建兄に語った
そんな時も建兄は
穏やかに静かに頷いていた
それから幾日か経った
またのある夜
瀇先生が私に示された歌一首

〈半夏生水あふれ竹の根を洗ふかく激しきを若
きものは持つ〉[*2]

私の激しさと
自らの老いを
詠んでの作と
濵先生は苦笑しておられた
夫人と建兄は私の方を見て
ニヤニヤしておられた
私は冷や汗をかく思いだったが
その歌は終生忘れられぬ歌となった

それから
濵先生は一冊の歌集を編んで
この世を去られた
しばらくその家は
夫人と建兄だけとなったが
やがて夫人も亡くなり
いま建兄が逝かれた

死の直前
建兄を訪ねた時
彼の書斎で
ある絵を見た
その絵は何だかとても眩しかった
その絵のように
建兄は
キラキラ輝きながら生き
そして　亡くなられた

私が光ヶ丘の家へ行くことは
もう二度と無くなった

＊1　春日井建の歌
＊2　春日井濵の歌

この喫茶店《おみせ》で

——春日井建兄へ

五月二十二日は
あなたの三回忌
私はあなたを追慕し
知り合いの住職に
供養の読経を
上げて貰いました

それから
しばらく経って
あなたの歌のお弟子さん
Kさんより
瀟洒な歌集を頂戴しました

その冒頭の歌群は
あなたを送る歌でした
私は嬉しくなって
夢中で読みました

私はあなたとは異質なので
あなたの歌の流れを
引き継ぐことが出来ません
けれども
Kさんの歌は明らかに
あなたの歌の流れを汲んでいて
私は胸が温かくなりました

この頃では
あなたを偲ぶことが
私の生活の一部になっております
いつかあなたと行った

名古屋の舞踊家
山路曜生氏の発表会
ロビーでたまたま
一緒になったS先生と
三人でソファーに座って
芸談を交わしあったものです

この喫茶店《おみせ》で
あなたと二人でお茶を飲み
隣の花屋さんで花を買い
あなたの母上にと
別れ際
笑顔のあなたに託したものです

そんなことを
思い出し　そして考えます
あなたが亡くなったのは六十五歳

私は現在《いま》六十一歳
やりたいことが山ほどあり
長命を願っておりますが
明日の生命の保証など
どこにもありません
私もあなたのように
いい仕事を成し遂げたいものです
とりあえず
あなたの亡くなった年齢《とし》までは
元気にありたいものです

今日もこの喫茶店《おみせ》で
あなたの歌を
心にゆらゆらさせながら
あなたの著『未青年の背景』を
大事に大事に読んでおります

残照

——春日井建兄へ

あなたが亡くなって
三年目の春が来ました
深夜　一人の部屋で
私は思い出します

あなたが亡くなる少し前
用があって
あなたを訪ねた時のことです
——今日は記念の日です
　私の大切な絵が届いた
　この日にあなたが
　来てくれたのは嬉しい

そういってあなたは私を
自分の書斎に導き
壁に飾られた絵を見せてくれたのは
忘れられないその絵の眩しさ
——高かったんでしょう
——車一台買える値段です
答えるあなたは
何かとても晴々とした表情でした

今　思います
病だったあなたが
余命幾許もないことを悟り
自己の生の残照を
そこに見据えたのかも知れないと

いつか〝自殺〟について
あなたと

語り合ったことがありました
私は言ったものです
――自殺なんてイヤですね
――そうですね　見届けてから死ななきゃ
元気に言っていたあなたが
晩年
今まで以上に生命を滾らせて
何冊もの歌集を
矢継ぎ早に編まれ
逝ってしまわれました

この世の実相《さま》を
あなたは見届け得ましたか
私が小さく呟くと
――見るべきほどのことは見つ
あなたの囁き声が
静寂《しじま》から聞こえてくるようです

初夏の野歩き
――K君と話しながら

眸が清らで
読書好き
溌剌とした好青年K君
彼と連れ立って
山の辺の道を歩く

青々とした緑
きれいな初夏の小川の水
海石榴市《つばきち》跡
立札を見てK君は尋ねる
――アベさん　つばきちって何ですか

――男女が歌を詠み交わし　プロポーズする歌垣
　のあった有名なところさ
私は微笑んで答える

……果《はた》して期《ちぎ》りし所に之《ゆ》きて、歌垣《うたがき》の衆《ひとなか》に立た
して、影媛が袖《そで》を執《と》へて、躑躅《たちやすら》ひ従容《いざな》ふ。俄《しばらく》
ありて鮪臣《しびのおみ》来《きた》りて、太子《ひつぎのみこ》と影媛との間《なか》を排《おしはな》ち
て立てり。*

日本書紀では武烈天皇が
鮪に歌垣の唱和に敗れている
恋人を殺された影媛の悲話を
K君に語りながら
金屋の石仏を眺める
そして　細道を歩く
レンタ・サイクルの若者たちが
私達を追い抜いて行く
大神《おおみわ》神社に到着
樹木に覆われた境内
かなりの観光客
私達は拝殿に頭を下げる
その後でこんな話を思い出す
いたずら好きな神官が
卵を好きな蛇に
木製の卵を騙して食べさせるという話を
K君に話すと
K君は声をあげて笑う
私達は賑やかに石段を下り
右手の店の暖簾をくぐる
三輪そうめんを食べながら
私はK君に一つの神話を語る
――むかしの話でね　ある娘のところへ立派な若
者が夜毎に訪れてね　不思議に思った娘の両親

が　娘に告げて　その若者の衣の端に糸をつけ
させ　翌日その糸を辿っていくと三輪山の神の
ほこらへ出たというんだよ
——つまり　神の化身ってわけですか
私はこくんと頷く
——アベさん　三島の「奔馬」の〈勲〉が奉納試
合をするところって　たしかここじゃなかった
ですか
——ここだよ　そして瀧で会うのさ
二人の語らいは
飽くことがない

狭井神社の本殿の横へ出る
薬井から湧く霊水を
私とK君はごくごく飲む
それから三輪の神杉を仰ぎながら
日本最古の幹線道路の半ばを
楽しんで歩く

三和河ってどこだろう
この辺に住んでいたのだろうか
雄略天皇にプロポーズされ
八十歳まで待った
愛《いとお》しい引田部《ひきたべ》の赤猪子《あかいこ》は
見当違いでもいいや
と私は想像を逞しくする

昼もとっくに過ぎ
暑くなって来た檜原《ひばら》神社前
K君と私だけの神域
ここから雄大な二上山を望む
英邁な皇子が謀反の廉《かど》で
葬られた山だ
高い山だなぁと思う

しばらく進み
小さな紫の花咲く野辺で
音立てる流れを見つけるK君
二人とも靴も靴下も脱ぎ
水中に疲れた両足を投げ入れる
この川を巻向川という
万葉にあるな　巻向の歌
独語《ひとりごと》を呟く私
青空に白い雲

――さて行くか
K君を促し更に進む
景行天皇の陵が見えてくる
なんて大きな墓なんだ
――アベさん　ぼく景行天皇ってキライ
――私もキライだ　ヤマトタケルに苦しい軍務を
　負わせた人だもの

――そうですよね
――時間が無いからバスに乗ろうか
　（全部歩きたいのはやまやまだけど）
バス通りに出る私達
石上神宮の辺りまでバスで行く

　石の上　布留を過ぎて　薦枕《こもまくら》　高橋過ぎ*……

私は影媛の葬送歌を呟く
そういえば
未完の放送劇「影媛」を持っていると
話された今は亡き安西均先生
影媛を語り合った一刻《ひととき》が懐かしい
そう話すとK君は
興味深そうに耳傾ける
文学部の学生だけのことはある
社殿が朱く映えている

七支刀で名高い石上神宮
天理教の半被を着て
デートを楽しむ若い男女
外苑公園の売店の長椅子で
ジュースを飲み休憩する私達
道行くカメラマンが
私達にカメラを向けている
絵にならないのに
――テーマは〈疲れた二人〉ってとこかな
K君と高らかに笑い合う
疲れた二人は天理の駅まで
タクシーで向かう

天理の駅のホーム
天理教の本部へ
お参りに来た善男善女
夕陽を背に受けながら

教会の方が信者さん達に
祝詞を唱えている
中には涙しているおばあさんもいる
K君も私も心打たれる
私はその光景を長い間見つめ　そして
K君に明るい声で告げる
――電車に乗って京都へ出てかえろう

＊　引用は『古事記・上代歌謡』（小学館刊）所収

そぞろ歩き

日曜の夕べ
羊雲の空の下
妻の里
刈谷の町を

妻と連れ立って
散歩に出る

夏の万燈祭りでは
人込みでごったがえす
駅前商店街
格子窓や白壁が
ちらつく路地を抜け
郷土資料館へと辿り着く
縄文期の石器や土器のある
きれいな陳列棚
次の室では目に映る
松本奎堂の肖像画
天誅組総裁
隻眼の志士
その性急すぎた命《いのち》を
私は痛々しく思う

彼の墓所
十念寺もほど近い

＊

資料館の隣りにある
藩校文禮館の跡碑
――子のたまわく……
前髪姿の藩内子弟の清らかな声が
聞こえてくるようだ
奎堂　彼もまた
この藩校で学んだのだろう
朱子学で強く育まれた
その高貴なまでの精神
むかしの人は凄い

＊

路地から下ると
城址　亀城公園
水野忠政の居城
家康の母　於大の方は
ここで生まれた
堀に遊ぶ数羽の家鴨
その泳ぐさまを
妻は真似て笑う
春　訪れた時は
満開の桜が見事だった
花びらが舞い
孔雀が青い羽根を拡げ
本丸跡の芝生では
人々が一升瓶を中に
楽しげに
花の宴を開いていた

秋冷の今日
庭はひっそりしている

＊

沈む夕陽を
顔面に浴びながらの
帰り道
細い小路《こうじ》には
常夜燈や街口門跡がある
大通りの四つ角には
札の辻跡
こんもりとした杜
本刈谷神社の傍らを通りながら
心の中で呟いた
妻よ
この美しい

あなたのふるさとを愛せ　と

竹島点描

冬の朝
竹島園地を歩く
海辺の水族館で
かわいいアシカ・ショーを見物
その後
小さな文学館を覗く
絵手紙の展示や
郷土出身作家の著書を見る

＊

丘の上のホテル
レストランで昼食をとる
おだやかに光る海
わたなかに浮かぶ緑の小島
そこに通ずる
モダンな石の橋
太陽が雲間で
見え隠れする

＊

ホテルの中庭
茶室鶯宿亭
頭を下げてにじり口から身を入れる
〝鶴は宿る千年の松〟
掛け軸の筆跡《あと》をしばし仰ぐ
女主《あるじ》がやさしく説明してくれる
そのような静かな一刻《ひととき》

初釜の茶を頂く

＊

浜辺には若い頃三河の国司だった
藤原俊成の銅像が建っている
御子《みこ》左家《ひだりけ》歌学を樹立し
家集『長秋詠藻』を残した
この歌人の歌心《うたごころ》を胸に描きそして思う
彼はどんな政治をしたのだろうと
和やかな海風を受けていると
私の中を故知らぬ優しさが通り抜けてゆく

中国路の旅

美作《みまさか》院ノ庄

春霞の中国道をバスは走る
太平記で名高い杉坂
院ノ庄の町並みが眼前に広がる
桜樹を削って志を述べた児島高徳を思い
〈天莫空勾践　時非無范蠡〉
の十字の詩を小さく呟く
私の心は妙に昂っていた

出雲大社

雨上がりの清らかな参道を歩く

右手には両手を広げた大国主命の銅像
縁結び　神在月　の言葉が浮かぶ
巨大な七五三縄の重量感
近年の発掘による心御柱のレプリカ
心に描く壮麗な幻の社殿
ふと詩人の千家元麿のことが脳裡を掠める

松陰神社

鳥居を潜ると左手に小さな棟
これこそは松下村塾
高杉　久坂　前原らがここから輩出
観光客はすごいなぁとただ賛嘆
古い畳　古い机　古い書物
神として祀られる偉大な人
神官が箒で掃き清めている

岩国

補修中の錦帯橋を渡り
私と妻は白へビを見に行く
桜舞い散る吉香公園
観覧施設のガラスケースの中
ルビーのような赤い目
白く光沢のある清楚な姿
世界で岩国にだけいる神秘のへビ

熊野路の旅

鬼が城

バスは走る　春の熊野の海岸線
青空に帯を引く白雲

眼前の海に浮かぶ島は鬼が城
多峨丸一党の鬼の棲家
意気盛んだった彼等は
坂上田村麻呂に成敗されている
かくて快い英雄の一つの史譚は
ここにも桃太郎伝説を生んでいる

熊野本宮大社

木立に覆われた石段《きざはし》を上り切れば
神さびた檜皮葺きの社殿がたたずまう
御祭神家津御子大神《けつみこのおおかみ》は素戔嗚《すさのお》の別名
宝前の鈴を鳴らし柏手を打つ
しばし樹木の果てを仰げば
神武天皇の征戦が偲ばれてくる
八咫烏の天空を舞う姿や
はた金の鳶の輝き飛ぶ姿が

那智山

天から落ちる瀑水
〝漲る生命を下さい　その英気を〟
思わず祈りたくなる飛滝神社
参拝の人々は続く蟻の熊野詣で
大門坂を下れば二六七の石段
途中　中空が展《ひら》け遠くに滝が霞んでいる
目を轟かす夫婦杉の偉容
向こうから市女笠の女性《にょしょう》が歩いてくる

忠度生誕地

谷沿いにバスが行く
左手の山陰《やまかげ》の地に標示は告げている
薩摩守忠度生誕の地と

夜更け　師の俊成の門を敲き
おのが歌の入集を願った平家の武将
ここが懐かしい彼の人の故郷かと
私は妙に嬉しくなり歌を口遊む
〈さざ浪や志賀の都はあれにしを
　昔ながらの山桜かな〉と

詩集『円』（二〇一二年）抄

円

少年の頃
大きな円を描こうと
投企の世界へ
この身を投げ入れた

それから
苦の遊戯を
たび重ねながら
いろんな人に出会い
そして別れた
中に偉大な心の持ち主や
優美な女人もいた

さまよい歩いた霧の街や
裏町の小川のほとり

いつしか大人になった
と思った途端
病に薙ぎ倒され
生きる意欲も奪われた
病が癒えると
私は泣きながら旅へ出た

故郷の山や
知らない町や湖を訪れ
私の起死回生の旅は続いた
その途上で明るい伴侶を得
私の旅は深まった

胸に詩を刻みながら
古都の雨に打たれ
清澄な海の風に吹かれ
私の心は暖かくなった

その間
知らぬうちに
親しい師や愛《いと》しい友に恵まれた
今　再び自分に挑むように呟く
大きな大きな詩魂の円を描こう　と

朗読会にて
――浅井薫さんに

現代詩朗読会
司会をするあなたとは

実に二十八年ぶり
ロビーで再会を喜び合う私達
初めてあなたと出会った頃
二人共髪が黒々としていた
今ではあなたは頭部が薄くなり
私は髪が白くなっている
二人とも同じ市内に住みながら
所属詩誌が違うせいか
たえて会う機会もなかった
けれどもその間
あなたの詩集が私に何冊か届けられ
私もあなたに私の詩集を何冊か謹呈した

愛知文学学校
その設立に
まだ若かった
あなたと私は奔走した

大阪から小野十三郎氏を
講師に迎え
記念講演会も開催した
文学学校の受講生たちは
今はどうしているだろう
受講生の中には
著名な女流歌人となり
自ら生命《いのち》を断った人もいたが

朗読会が始まる
チェロとピアノに合わせ
朗読する老婦人
音楽は即興で演奏
手拍子をとりながら
叫ぶように朗読する長髪の青年
宗次郎のオカリナの曲で
朗読するのは私

アフリカの小さな民族楽器を
奏でながら朗読する御婦人もいる
代わる代わる
詩人達の朗読が続く
時々　詩行《フレーズ》が音立て
詩心の波が騒ぐ
そして　スペインを歌った
あなたの名詩「とりのうた」を
朗読する女優
Mさんの澄んだ声
いい詩だと心から感動し
しばらく余韻に浸る
琴の演奏は心を和やかにさせ
アトラクションのフラダンスは
会場を明るくしてくれる

楽しみの懇親会

テーブル狭しと並べられた
数々の料理に果物
ビールに日本酒
お酒が入ってみんなは赤ら顔
談論風発
生々《いきいき》と詩談が交わされる度に
私は美しい夢をもらう
輝いている笑顔はいいものだ
名残りも尽きぬが
別れ際
むかしと変らぬ
優しい眼差しのあなたから
あたたかい手を差し伸べられた
私はその手を強く握った
よい仕事をしましょう
そう心に祈りながら

横浜の友

——渡辺悦男君に

不整脈で体調をこわしている
横浜に住む君を　今日見舞いに来た
君と私とは高校も一緒　大学も一緒　國學院

新横浜の駅前　コーヒー店で君を待つ
白いサマー・ジャケットを着た君は
思った以上に元気で軽やかに歩いてくる

——やあ　しばらく　何年ぶりかなぁ
懐かしい君の声　すかさず私は返事をする
——君が十年前に名古屋に来た時以来さ

二人で並んで歩く中華街
週末の今日　大勢の人で賑わっている
料理店だけで三百軒はあるという

二人で四川料理の店に入り　テーブルにつく
今日は俺のオゴリさと微笑んで君は言う
ゴチになるよと言って私も微笑む

学生の頃　フェンシング部で鳴らした君は
昔からがっしりした体格をしている
社長職を降りたら体調もよくなったとのこと

一時は不整脈の発作で死ぬかと思ったという
その時の状況をビールを飲みながら君は話す
今は悠々自適の羨ましい身分

昼食を済ませ　緑の山下公園を歩く

マリン・タワーの下　君は私を携帯で撮る
——後でパソコンでプリントして送るよ

君も若い頃　僕らの詩誌で詩作したものだ
仕事はコンピュータグラフィックスを
用いたＣＭ制作を担当していたという

大学時　国語学演習のテスト勉強を
ガール・フレンドも混じえ君とやったものだ
勉強はそっちのけで三人で人生を語り合った

快晴なので湾内のクルージングを楽しむ
あれが港の見える丘公園　あれが大桟橋
君は指さしながら名所を説明してくれる

船内のベンチに腰掛け　潮風を受け
高校時の仲間の消息を尋ねる

鎌倉散歩の会を作って楽しんでいるとのこと

休みの一日　君を訪ねてほんとに良かった
船を降り別れ際　君は嬉しいことを言う
——またおいでよ　今度鎌倉を歩こうよ　と

自慢の友　Ｍ君

私の最近の詩を読んだ
高校時の友　Ｍ君は
私が温和な人柄になっていて安心した
そう手紙で述べて来た
若い頃　君はいつも
殺気だっていたとも書いてあった

その手紙を引き出しにしまうと

私はM君のことを思った
T大の大学院を出て
印度へ留学し
仏教の学問を修め　今は
私大の仏教の先生をしている友のことを

私は以前に
彼が私に語ってくれた
一人の学者の話が忘れられない
その人は
数年間　毎夏　印度を訪れ
サンスクリットで記されている碑文を集め
日本語に翻訳し出版したという
それを世に〝静谷本〟という
私はその学者の情熱を思い
その姿勢に学びたいと思った
そして　良い話を聞かせてくれた

M君に心から礼を述べた

この数年の間に
M君は自分の著した
その努力の結晶ともいうべき
仏教書を三冊も
私にプレゼントしてくれた
私も私の著書を数冊
M君にプレゼントした

学問・芸術の仲間が
高校の同級生にいてくれることは
私自身の苦労が半減し
大きな励みになる

思えば
私が殺気だっていたあの頃

彼は単車を乗り廻し
頭部にケガし傷を負っていたことも
今となっては懐かしい思い出だ

愚弟より賢姉への悼詞《ことば》

――福田万里子氏逝く

昨夜　電話で
あなたの御夫君から
あなたの死を
聞かされました

あなたが長く病床にあったので
その時が来たのだと
自分に言い聞かせました
軽い眩暈を覚えながら

あなたは九州へ転居される以前
この町に住んでいらっしゃった
隣近所ということで
よくお宅へお邪魔したものです

詩や研究の他
絵もおやりになるあなたから
百号の絵「妹」を見せて貰ったものです
幼い時　失くされた妹様の

私達は同じ会のメンバー
皆と一緒にドライブに行ったものです
古いお宮である猿投神社や南宮大社へ
民俗学の探訪も兼ねて

詩論集を出版する企画のあった時

私もあなたも喜んで参加したものです
前川知賢先生のビジョンによるものです
あの時は横井新八さんも一緒

忘れられぬ伴野憲詩集『クルス燃える』
その自作テープを聞く会でも一緒
部屋に響いていた音声と音楽
その世界にどっぷり浸ったもの

時に文学の話題を離れて
健康のためにスポーツもプレイしました
その頃盛んであったボウリング
爽快な汗を流したものです

あなたの詩集『発熱』出版はその頃です
その作品群の中には
私を歌った詩が三篇もあります

その詩を私は終生忘れません

あなたは九州から新潟へ転居され
その後　枚方へと移転されました
新潟では詩集『雪底の部屋』を出版
新潟は私の故郷　私の喜びも一入

一度大阪へ妻を伴なって訪れたものです
三人で小雨降る四天王寺を見学
私達は能「弱法師」を語り合いました
宝物殿で見た「蘭陵王」の面の異様さ

その後　あなたは詩集『柿若葉のころ』を出版
それを機に私は詩歌鑑賞ノートを書きました
それが「鑑賞　福田万里子の詩」
おかげであなたの高貴な魂に触れ得ました

ことある毎に電話させてもらったものです
もうそれもかなわぬことになりました
あなたの葬儀で御夫君が挨拶されたそうです
――世界一の妻でした　と

あなたは酉年　私も一回り下の酉年
こんなに馬が合った人は他にいなかった
この夜更け　思い出したように
愛しき著『柿若葉のころ』を読んでいます

――さようなら　万里子さん

春夕　一つの尊い生が

――義父逝く

まだ寒い如月の真夜中
突然　電話が鳴る
暮れに肺炎を起こし
寝たきりになってしまった義父《ちち》からだ
私と妻は大急ぎで
タクシーを呼び
高速道路を走って
義父の家へ駆けつける
私達の顔を見た義父は
安心したのか穏やかな眠りに就いた

それから半月後
義父にヘルパーさんも付き
ようやく安堵の思いを
抱き始めた時
ある会合に出席していた私の
携帯に妻から連絡が入る
――お父さんが救急車で運ばれたの

私は慌てて病院へ
義父はその時はかすかに
意識があったようだ
翌日から意識がなく
点滴と酸素マスクの病状
――いつ死んでもおかしくないです
医師は静かに私に話す

――おとうさん　おとうさん
妻と義母《はは》は病室に入る度に声をかける
テレビをかけ
イヤホーンで音量を調節する
それから毎日消燈の九時半まで
付き添うのが私達の日課
私は勤め先の仕事を
病室に持ち込み　義父を看る
次々と訪れる見舞い客

やけに喉が渇きお茶ばかり飲む私達
妻に疲労の色が濃くなる
私も同様なのだろう

深夜二時過ぎ
病院からの義父の死を
知らせる電話の声
――よくガンバッタほうです
医師も看護師も声をそろえて告げる
義父の亡骸《なきがら》を寝静まった病院から
暗い自宅へ静かに車で運ぶ

花が好きだった亡き義父の祭壇
思い切り賑やかに花を飾ってもらった
通夜の読経の最中《さなか》
義父と訪ねた花の名所が脳裡に浮かぶ
家族四人で愛《め》でた

蒲郡プリンスホテルの赤い躑躅
安城のデンパークは
ガーデニングが好きな義父に相応しい
東山植物園の三色菫に
ランの館の花々
それらをいとおしむ優しい笑顔

告別式の読経も済み
引導を渡され
いよいよ出棺
――おとうさん　おとうさん
涙を浮かべた
妻と義母は声をかけながら
棺を白い花や黄色い花で埋める
親類縁者もそれぞれに
それから私はコーヒー好きだった義父に
コーヒーとご飯を納める

それとは別に妻と義母は
写経した経文を納める
車は斎園へと向かう
桜の花が見事に咲く川の畔の果て
その斎園での別れの読経
お線香を一本ずつ捧げ
終《つい》の荼毘に付す

春夕　一つの尊い生がここで了った

約束

三郎丸さん。果たすべくして果たし得なかった、あなたとの約束を、今果たそうと思います、私一人で。すでに戦《いくさ》で亡くなったあなたの幻影を追いながら、あなたのふるさと熊野へと今日、旅立ちます。あなたがお元気の頃、二人で行こうと約束していた彼の地へ。

初めてあなたに会ったのは、今から五年前の春。庭の桜が満開の頃でした。私の殿様、三位《さんみ》俊成さまのところへ、あなたの主人、忠度さまがいらっしゃった時、郎等のあなたが忠度さまのお供をして来られました。忠度さまがお部屋で歌の師、三位さまと、一刻《いっとき》歌談を交わし合われている間、あなたのお世話をするのが私の役目でした。当時、あなたは十八の若者で私はまだ十六の幼い娘でした。月に一度、お屋敷を訪ねられる忠度さま、そのお供をしてくる三郎丸さん。あなたは朗らかで真っすぐな人でした。あなたはよく話してくれました。生まれ故郷の熊野の話を。熊野でお生まれになった忠度さまが、都の平家一門に迎えられた時、郎等として忠度さまに付き従って、一緒にあなたは都へ上って来たということでした。奥深い速玉神社の様子や、本宮大社や那智大社、いわゆる三熊野の緑の美しさを、あなたは話してくれました。それに那智の滝の壮麗さも、私に見せたいくらいだとも、言っていました。その他に熊野の川の筏流しの勇壮さも興味深く話してくれました。私はそんな話をしてくれるあなたが、大好きでした。私は〈今度熊野へ連れて行って下さい〉と頼みました。あなたは〈いいとも、いつか、きっと行こう〉と約束してくれました。橘の実が庭に生ったので、あなたが帰る時に、一枝折ってあなたに差し上げました。それは心ひそかな、私の愛の印でした。以前、殿様三位さまの使いで、忠度さまのお屋敷へ伺ったことがありました。あなたは用を済ませた私を目敏く見つけ、忠度さまのお許しを得て、中庭を案内してくれました。遣水や前栽の趣も風情があり、楽しかったです。あなたはその間中、私の手を握っていてくれました。忠度さまに倣って歌を詠むあなたは帰り際、次のような歌を私にくれました。

帰路急ぐ細き左手《ゆんで》を離すまじ
　甘き君が香仄かに匂へば

　忠度さまのお供をしてあなたがやって来る日が私は楽しみでした。でもそんな倖せも長くは続きませんでした。信濃で兵を挙げた木曽殿が、都へ攻めて来るというので、平家方の都落ちが始まり、都は騒々しい日が続きました。あなたの御主人忠度さまは、更くる夜半に私の殿様三位さまを訪ねられ、歌の巻物を託されました。世の中が穏やかになって、勅撰集が編まれることがあるとしたら、ぜひわが歌もと、入集を願ってのことと思います。お供をして来たあなたの横顔も緊張していながらも、悲しそうでした。西を指して去ってゆく主従の後姿を涙を堪えて見送りました。それがあなたを見た最後でした。

　それから源平の合戦が行われ、忠度さまは討死なされ、あなたも共に討たれたということでした。それを聞かされた時、私と三位さまは共に悲しみの涙にくれました。

　あれから三年の歳月が流れました。世の中も静かになりました。お隣の殿の一行が熊野詣でなさるというので、私も同行させてもらったところです。愛しいあなたを偲びながらあなたと行くはずだった、あの約束を今やっと果たそうと。

白菊の龍神さま

　むかし、ある村に白菊の社と呼ばれている社がありました。なぜ白菊の社と呼ばれているのかと申しますと、秋になると、境内の草地に一面の白菊が咲き乱れ、それはそれは見事でした。その時季になると社では菊祭りという神事も行われました。そんなわけで、その社のことを誰言うとなく白菊の社と呼ぶようになりました。

タケルはその社の宮司さまの一人息子で、今ちょうど二十歳になったばかりの清らかな若者です。父上の宮司様はもう六十歳近い年齢で、跡取りのタケルは村人から〝白菊のタケル若〟と呼ばれていました。毎夕、父上と母上とタケル若の三人で、神にご奉仕しておりますことは言うまでもありません。

ある朝、タケル若が庭を掃いておりますと庭を流れる小川のほとりの草群の中で、二尺ほどの白いヘビが横たわっておりました。首のところに矢が突き刺さっており、血を流しておりました。狩の流れ矢にでも当たったのでしょう。タケル若はかわいそうに思って、すぐさま矢を抜いて母上から薬を貰い受け、傷の手当てをしてやりました。しばらくの間ヘビはグッタリしておりましたが、一刻ほどするとタケル若の方へ頭を上下して礼をいうかのようにして、草群の奥へと消えて行きました。

その夜のことです。タケル若は不思議な夢を見ました。腰から上は人で下は蛇体の端正な少女がタケル若に話しかけるのでした。「私は今朝方、あなたに命を助けられた白ヘビです。今日は本当に有難うございました。あなたに御恩返しをするために、こうしてあなたの夢に現れました。目が覚めて明日になったら、社殿の階《きざはし》の下の橘の木の根元を掘ってごらんなさい。この社の財宝が眠っております。」そう言い残すとその少女は薄明の中へ姿を消して行きました。

朝、タケル若は昨夜見た不思議な夢のことを、父上と母上に話しました。父上は「それこそ大神《おおがみ》さまのお告げじゃ。タケル若、橘の木の根元を掘ってみなさい。」そう命じました。タケル若は橘の木の根元を掘り続けました。すると土の中から一式の長櫃が出て来ました。蓋を開けると、中には、金銀宝玉といった宝物がギッシリ詰まっていました。タケル若は思わず喚声をあげました。

タケル若は父上や母上と相談して、その宝物で霜雪に破れ果てている現在の社殿を改築し、残りの金銀財宝はすべて、貧しい村人たちに分け与えました。そして富を与えてくれた白へビを祭る小さな社〝白菊の龍神さま〟を建てました。それから村人たちは社へお参りすることは勿論のこと、〝白菊の龍神さま〟をお参りする人が大勢いたということです。

その後、タケル若は縁あって名主さまの美しい娘さんを妻に迎えたということです。

財産

私の名は
「堅磐」と書いて
「かきわ」と読む

小学生の頃
若い女の先生が
出席をとる時
「あべ・かたわ君」
と読み間違えた
私はクラス中の
笑いものになった

長い人生の間で

——何とお読みするんですか
と問われることばかりで
すんなり読んだ人は
一人としていなかった

大学時の恩師は
「あべ・たてわ」と呼び
今でも　そう信じ込んでいる

学生の頃
私の恋人だった女《ひと》は
「かきわちゃん」と呼んで
親しんでくれた

私の名を見て
——お父さんは神道家ですね
と　まれに言い当てる人もいた

不思議なことに私は
——厄介な名を付けてくれたものだ　父は
そう思ったことは一度もなかった

神官だった父は
祝詞の中の二文字
「堅固な岩」という義のある
名を私にくれた
私はこの名が好きだ

なぜって
貧しかった父が
私に残してくれた
唯一の財産だから

母

母は私の五歳の時にこの世を去った。母の生家は、毎年、町の長者番付にのる程の裕福な金物問屋だった。貧しい神主の父の加持祈禱によって、病を治してもらった母は、信仰の道に入った。父と一緒になった母は親から勘当された。親の反対にあっても、母は己れの愛と信仰を捨てなかった。母が死んだ時、母の親は通夜にも告別式にも顔を見せなかった。生前、母は父の信仰する山、八海山へ私をよく参拝登山に連れて行ってくれた。その頃は里宮まで、駅から徒歩で行ったものだ。途中喉が渇くと、清らかな小川の水を飲んだ。休み休み歩いたが、母はお山へお参りに行くのが心から楽しそうだった。その日は山麓の宿で谷川の瀬音を聞きながら、一泊した。翌朝早く里宮へごあいさつを済ませると、二合目までの登山道を登った。朝露の置く葉陰の道を母と子は山の澄んだ空気の中、元気良く登った。ろっこんしょうじょうと掛け声を出し合って。猿田彦を祀る二合目のお社に着くと母子は、榊を供え、水を供え、お供物で祭壇を飾り、掌を合わせお参りした。その後、万代松の根方に腰を下ろし、朝食を取った。宿の女主人の作ってくれたおにぎりは格別においしかった。二合目からの眺望は素晴らしかった。水無川が流れ、田園の緑が美しく輝いていた。御馳走を食べ終えると二人して下山した。帰途、必ず駅の近くの毘沙門堂へ立ち寄った。母は毘沙門堂に、心優しい賢い子が授かりますようにと、願をかけ、私が生まれた。幼稚園の頃、お絵描きコンクールで私は銀賞を受賞し、掲示板に作品が飾られた。タイトルは〝お母さん〟だった。母は発表の日、来園し、その絵を嬉しそうに飽かず眺めていた。母は歌が大好きで〝天然の美〟という流行歌を唄いながら洗濯や掃除をしていた。私が音楽好きなのは母譲りらしい。母が死んで七年後、父が死んだ。その時、母の父親は、私達兄弟になにがしかの手切れ金を出し、その後二度と養育の為の援助はしなかった。私は祖父の仕打ちを恨みもしなかった。今思うと両親が居なかったお陰で自分の好き勝手な半生を送ってこれたので、両親の早死にには、ある意味で感謝している。それにしても親の猛反対を押し切り、自己の愛と信仰を貫いた母を立派だと思う。私は父母の死後、たよりになるのは自分だけということを認識した。

　私も母と同様、かけがえのない妻への愛と社家の信仰の道に生きようと思う。

課題

村里にあった
小さな教派神道の教会
その教会長であった亡父《ちち》は
布教の為
町の真ん中に教会を移転した

その後　私財を投じて
八海山の七瀧への道を拓いた
それほど豊かでもなかったのに
何故　そうした
宗教的実践を行ったのだろう

やむにやまれぬ

惟神《かんながら》の道への発心
それは私が文学を志向する
心と同様に理由などないのかも知れぬ

亡父も亡兄《あに》も
七瀧のその霊場で
修行に励んだ
亡父の弟子　画家のKさんは
七瀧の絵を描き
教会の神殿に掲げた

私は都会の生活に疲れると
七瀧まで出かけ
幼い日
亡父に教《おそ》わったように
全身　瀧に打たれる

亡父を超えること
亡兄を超えること
おそらく私には出来ないだろう
けれど　それは生涯の私の課題でもある

二人の修行
――甥のタツヤ君へ

蟬が鳴く暑い日　甥のタツヤ君が
私の住む町に　近くまで来たので
と言って　故郷からやって来た

私は乱雑な書斎に請じ入れ
アイス・コーヒーを甥に勧めた
二年ぶりに会う私達の話は弾んだ

甥は神道の修行に心惹かれているらしかった
血のなせるわざだろうか　私も同じことだが
妻や子供を養っての修行生活は困難だ

病《やまい》持ちの私の修行は霊場巡り　そして宮訪ね
フォークロアの採訪も兼ねて
その他に厳しい修行などどうして出来よう

そのことを甥に話し　一冊の本を贈る
『木曽御嶽の信仰』という書物だ
家庭人としての行者生活も記されてある

夕方　妻も交え食事を摂る
甥は仕事や子供の教育について語る
その生活の中での惟神《かんながら》の道への傾斜

如何にあるべきか　悩む必要はない
私の贈った著書に記されてある　その答は
じっくりと探せ　タツヤよ

エッセイ

詩歌鑑賞ノート

福田万里子の詩

（一）

詩人福田万里子氏は、現在までに六冊の詩集とエッセイ集を二冊出版している。ここに列挙してみよう。

詩集

『風声』一九六五　思潮社

『夢の内側』一九七一　思潮社

『発熱』一九七九　詩学社

『雪底の部屋』一九八六　土曜美術社

『福田万里子詩集』（日本現代詩文庫）一九九一　土曜美術社

『柿若葉のころ』一九九五　土曜美術社

エッセイ集

『花ばなの譜』一九八八　西鉄エージェンシ

『菅原道真公〈花の歳時記〉』二〇〇一　太宰府天満宮文化研究所

着実な仕事ぶりである。私は氏の詩集の中では『柿若葉のころ』という詩集が一番好きである。これは好みで言っているのである。今も私の愛読書の中の一冊である。そして氏の人生について勝手に想いを廻らしてみる。一体文学の世界へどのようにして、足を踏み入れたのか、その辺りから記してみたい。

氏の年譜に目を通すと、十四歳頃から、亡父の蔵書を片っぱしから読んだとある。いわゆる文学少女だったことが伺える。高校に進み十六歳の頃、氏の在学する県立佐賀高校では文芸部に所属。良き師に恵まれ、そこではヴァレリイ、ボードレエル、ドストエフスキー研究会やシュールレアリズム運動についての座談会、朗読会などを毎週やっている。佐高を卒業し、十九歳の四月に、時事通信社佐賀支局に入社する。社会人となり世の中を視る眼もきっと肥えたことだろうと想像する。二十一歳の一月に、佐高ＯＢの文芸誌『じゅねす』創刊に参加。二十二歳九月、前年発足の文芸同人誌『城』に三号から参加。詩誌『アルメ』の同人になるのは、それから六年後（昭和三十六年九月）である。『アルメ』の当時の同人は、有田忠郎、石村通泰、一丸章、江川英親、黒田達也（編集・発行）、崎村久邦、柴田基典、滝勝子氏ほかである。氏は現在も『アルメ』の同人であり又、『樂市』の同人でもある。

本当に大雑把であるが、第一詩集『風声』へ続くまでの道を駆け足で辿ってみた。第一詩集で私が興味を持つ作品は「波状岩」である。

波状岩

鬼の洗濯板
土地の人はそうよんだ
神代の鬼の洗濯板は
いまは洗いざらしの緑灰色を
天にむかってさらけだす
美しい荒涼であった

太古の記憶を辿るとすれば
前触れもなく嚙みあった荒波の獣性に
そのもろくやさしい部分を
どう哭いたかについてである
答えはかえるまい
（わたしらは感じねばならぬ）

いつのころからか外洋のしぶきには
無感動であった
だがその冷徹のなかでわたしは
研ぎすまされたレクィエムをきいた
レクィエムはほそく哀しく
きょうも去りつづける岩の分身に
海鳴りのその底で

ひそかに奏でられていたが
あるいはそれは
天に向って腕さしのべる
激情と同質の孤独であったかもしれぬ
または始めなき逃亡への
断絶であるか

波状岩――幾千の傷のみのりの岩たち
鬼の洗濯板とよばれる名のこっけいさで
宙と睨みあってひろがるものよ
おまえは感動の終末
疲労困憊の頭蓋なのか
あるいは残された硬質で
〈永遠〉を断言する
巨大な残像であるか

第一連から鑑賞していこう。まず〈鬼の洗濯板〉と歌い起こす。多分、九州宮崎県の青島にある鬼の洗濯板のことだと思う。年譜によれば、〈一九六二年（昭和三十七年）二十九歳　九州朝日放送（ＫＢＣ）のテレビとラジオ番組の放送ライターを昭和四十三年頃まで続ける。九州全般を取材旅行。〉とある。その時の所産であろう。土地の人がそう呼ぶ鬼の洗濯板は青島の手前にずーと続いている。私もここを訪れたことがあるが、まさに作者が記すとおり、〈洗いざらしの緑灰色を／天にむかってさらけだ〉している情景である。〈美しい荒涼であった〉とは言い得て妙である。

第二連、〈太古の記録を辿るとすれば〉とあるように、鬼の洗濯板は何千年前、何万年前からの波の浸蝕によって出来たのであろう。地学の専門家でないから学究的なことは、何とも言えないが、その様を作者は実に巧みな比喩で表現している。〈前触れもなく嚙みあった荒波の獣性〉はうまい表現である。獣が襲いかかるように打ち寄せる波の様子をかく記している。次の詩句〈そのもろくやさしい部分を／どう哭いたかについてである〉は波の浸蝕のさまである。ここへ来て、鬼の洗濯板を眺めながら、逍遥する作者の姿が彷彿としてくる。作者は一つの問いを投げかける。〈……辿るとすれば〉～〈……哭いたかについてである〉と。太古からの浸蝕の様を我々は、あまりはるかな営みゆえ述べることが出来ない。作者は〈答えはかえるまい〉と記す。だから、〈(わたしらは感じねばならぬ)〉のである。

第三連は起承転結で言えば、〈転〉の部分に相当するであろう。単に対象を写し取るだけではなく、そこに自分に人生を重ね合わせてみる。そこから滲み出る詩の世界が広がっている。まず〈いつのころからか外洋のしぶきには／無感動であった／だがその冷徹のなかでわたしは／研ぎすまされたレクィエムをきいた〉とあるように、何故、レクィエムなのだろうか。歌(曲)にもいろいろあるが、作者は、父上や妹君を少女時代に亡くしている。その悲しい体験が、〈去りつづける岩の分身〉にそういう思いを抱かせるのではあるまいか。私にはなんだかそんなふうに思えてくる。作者はその〈レクィエム〉を〈海鳴りのその底で／ひそかに奏でられていたが／あるいはそれは／天に向って腕さしのべる／激情と同質の孤独であったかもしれぬ〉と受け止める。作者は自己の持てる〈知〉と〈情〉で実に的確に表現していると思う。それは〈または始めなき逃亡への／断絶であるか〉と続いて記される。

第四連は〈結び〉。〈波状岩〉を〈――幾千の傷のみのりの岩たち〉と呼びかけている。私には、(私も傷ついている身なんだよ。おまえが幾千の傷のみのりの岩たちであると同様に)という作者の心の叫びが聞えてくる。以下、終行までは、起承転結の最後を飾るに相応しい表現になっていると思う。全体に静かだが硬質の作品になっている。

第一詩集『凮声』は、一九六五年(昭和四十年)に出版されている。続いて、一九七一年に第二詩集『夢の内側』を刊行している。この詩集は翌一九七二年に第三回東海現代詩人賞を受賞している。この詩集より「船」を掲げよう。

船

あの船は魚を獲りにいったのではない
黄金《きん》いろをすべりながら
ひろいふかい海のどこかに
ぽっかり突然ひらけている
水のような
石のような
樹木のような世界に
ひっそりとむかっていった

あの船は魚を獲りにいったのではない
ストーヴに冷えた心をかざしている
おまえではなく
もうひとりを乗せていった
そのためにのこったおまえが寂しいのなら
そんなおまえはないほうがいい
そのために乗りおくれたことがくやしいなら
そんな大切な船をなぜ入江からだした
あの船は魚を獲りにいったのではない
それだけははっきりわかっている

一読して切ない詩、という思いがする。自分が乗るべきはずの船が、自分ではなく、他の人を乗せていったのである。〈そのために乗りおくれたことがくやしいなら／そんな大切な船をなぜ入江からだした〉の詩句は私に突き刺さってくる。なぜかというと同様な体験を私もしてきているからである。〈入江からだした〉後、私は病に倒れ、五ヶ月の間、休職した。そして、その時思った、俺は死んだのだと。そしてボロボロになって立ち直るまで五年の歳月を要した。そんなことを思い出させてくれる詩である。私は作者とともに口遊ぶ、〈あの船は魚を獲りにいったのではない〉と。

詩集『夢の内側』を刊行して、八年後に、第三詩集『発熱』が刊行される。私はこの詩集の中で、作品「わたしはおまえを」が面白いと思う。

わたしはおまえを

私はおまえを知らない
どんな谷あいの
どんな流れのなかに棲んでいたか
川の名も
泳いでいた姿も知らない

かつて　どんな仲間がいて
どんなふうに傷つき
どのように耐えてきたか
わたしが流しつづける血のように
おまえもどのように血を流したか
生まれたものは孤独
身内にそれをどのように湛えてきたか

魚よ

おまえとわたしとの間の
なにもない記憶
愛もない
憎悪も破綻も
なにもない
なにも知らない空無
なんという平穏——
きょう　資料館のガラスケースを覗きながら
そのことがわたしには重く哀しい

魚よ
眺め去る人びとと共に
おまえは石化しながら永遠を得ている
と　いうことはたやすい
けれども　そのまえに一度
たった一度だけでいい
遥かな谷あいの流れのなかで
他の魚たちと

光る鱗を削ぎあったように
瞬時　ひるがえってみせてはくれないか
億年を溯る
いまだ疼き歪んだままの
こちら側からはみえない
その半身を

この作品は難解な語句がほとんど使用されておらず、非常にわかり易い。作者は、資料館のガラスケースを覗き、化石の魚に語っている。けれど魚に準らえて、ある人物に語っているように思える。〈おまえ〉と呼びかけられる人物とは、まだそれほどの親しい間柄でもないのだろう。文学仲間と考えてよいのではあるまいか。だから冒頭では、〈私はおまえを知らない／どんな谷あいの／どんな流れのなかに棲んでいたか／川の名も／泳いでいた姿も知らない〉と語る。〈おまえ〉なる人物の作品、たとえば詩集や詩誌に目を通すと、傷心の極みといった作品が多々、見られたのであろう。だから、〈わたしが流しつづける血のように／おまえもどのように血を流したか〉と記す。前述のように、作者は肉親の死を経験している、〈おまえ〉なる人物も同様であったのであろう。〈生まれたものは孤独／身内にそれをどのように湛えてきたか〉と我が身を愛しむかのように綴る。

次の連では〈魚よ／おまえとわたしとの間の／なにもない記憶〉とある。同時代を生きたわけではないのだから、それはそうであろう。作者は〈おまえ〉なる人物の心の内側をみてみたいと思うが、〈おまえ〉なる人物は〈こちら側からはみえない／その半身を〉めったには人に見せない。だがいずれ、少しずつ知ることと思う。その後の二人のそれぞれの人生において。

（二）

詩人福田万里子氏は、第四詩集『雪底の部屋』を、一九八六年十二月に土曜美術社より刊行している。その中から詩「きゃべつ」を掲げよう。

　　きゃべつ

朝市できゃべつを買う
手ごろのを一個選んだはずだが
こっちがいいよ
ほれ
こんなに固く抱いている
老婆は勝手にとり替えて
大きいほうを籠へ入れてしまう

きゃべつの葉は
外側からはずして使う
外側はロール・キャベツに煮込み
内側は刻んで
生で食べる
残りは
ちょっと飽きて
ほおっておくと
夏のきゃべつは
付け根から芯にむかって
急速に腐りはじめ
あんなに固く
なにを抱いていたか
わからないまま
捨てなければならない

何故、わたしがこの詩に惹かれるかと言えば、〈朝市〉が出てくるからである。私の故郷の八幡様の参道は縁日に〈朝市〉が立つ。朝早く暗いうちから近郷の農家の人達が、畑でとれた野菜や果物を朝市で売る。その情景が、この詩を読むと思い浮かんでくる。それからもう一つ興味深いのはこの詩には主婦の顔がある。作者にしては珍しい。朝市での老婆のやりとりが描かれており、その求めた〈きゃべつ〉の料理に及んでいる。男には書けない詩である。次に少し重い詩を引こう。

死者たち

もうその椅子には掛けません
掛けられません
掛けることもありません
けれども椅子は
姿を消さない
役目の終わった椅子だけが
在りつづけ
在りつづけることで
生きつづけ
生きつづけているので
片付けられないでいる椅子を
きょうもわたしは磨きながら
ふと　思いついて
放課後のような庭に出してやると
ま昼の光が砕けてうごき
椅子はやさしく
姿をくらますのでした

タイトルが「死者たち」というのに、登場人物は詩の文字の中には出てこない。けれども登場人物が、私には見えてくる。椅子に焦点を絞りながら、かけていたはずの人を暗示する手法は面白いと思う。〈役目の終わった椅子〉という表現は「死者たち」の幻影を偲ばせる表現でもある。普通、家族なら、父母がいて、自分たち夫婦がいて、子供がいて、というふうに考えるが、この家の状況はそうでもないらしい。〈在りつづけ／在りつづけることで／生きつづけ／生きつづけているので／片付けられないでいる椅子〉とあるように、「死者たち」（かつてその椅子に腰かけていた人たち）は、作者の心の中で生き続けているのである。あの人がかけていた椅子、あの時、あの人はあんなことをしていた……と思い出のイメージがくり広げられる。などて片付けられようか。その椅子を〈放課後のような庭に〉出すところがまた興味深い。光を当ててやることによって〈やさしく／姿をくらま〉しめるところも、作者の心遣いみたいなものを感じて印象的である。
第五詩集『柿若葉のころ』の鑑賞に入ってゆこう。

うつろが残すふかい痕跡

噴水の水はいつものように
落下している
噴きあげられて落ちながら
いつものようにやせたりふくらんだりしている

水は新しい経験をどんなにつよく望んだろう
もがいてももがいても変われない
きめられた飛翔のかたちを
どんなにか恥じているだろう

水にもみぞおちがあるだろうか
高く噴きあがり
突然落ちていくとき
それはどんなにか痛みで疼くことだろう

疼いても疼いても
止まらない落下
ひょっとしたらもう死んでいるのかもしれない
わたしらは死んだ水を眺めているのかもしれない

噴きあげられて落ちつづけ
白く泡だつものとなりながら
透明な身を隠すありようの
うつろが残すふかい痕跡

ひと眼には
白くうつくしいはしゃぎとさえ映る
そのふかいふかい痕跡——

あたりを軽く虹いろの風が吹き過ぎる日に

一連から読んでゆこう。〈噴水の水はいつものように／落下している〉というように、噴水の落下からペンを起こしている。〈噴きあげられて落ちながら〉の噴水の情景は、確かに眼前の情景に違いないのであろうが、私には日々の繰返し＝人生の様相にも受けとめられる。〈いつものようにやせたりふくらんだりしている〉と記された一行は人間の営みで言えばその活動状況の比喩でもあろう。駅前の広場、もしくは公園での噴水を描き、作者は自己をも含めた人間のさだめというものに目を向ける。

二連では〈水は新しい経験をどんなにつよく望んだろう〉と歌われる。〈水〉を人間に置き変えてみたらどうだろう。私達は好むと好まざるとにかかわらず、あるきめられた枠の中で生活している。枠から抜け出て、新しい何かを経験することは、破綻を招きかねない。〈もがいてももがいても変われない〉。飛翔もしていないわけではないのであるが、それはあくまでも〈きめられた飛翔のかたち〉でしかない。ここに人間の宿命というものを感じるのは私だけだろうか。〈どんなにか恥じているだろう〉とあるように、噴水の水でしかない己れを覚れば、恥じるしかないように思う。

第三連、第四連では、〈水にもみぞおちがあるだろうか〉とあるように、〈みぞおち〉つまり、急所の存在を述べている。落下の時はきっと〈痛みで疼くことだろう〉と。そしてその落下の連続。〈ひょっとしたらもう死んでいるのかもしれない／わたしらは死んだ水を眺めているのかもしれない〉と作者は記す。それは長い人生の来し方を振り返っての人生の悲しみであり、また、心の傷跡をかみしめる作者の内なる声であると思われる。ここまで読んで来て、私は詩作とは心の傷を埋める作業ではあるまいかと思えてくる。

第五連、第六連では、〈白く泡だつものとなりながら／透明な身を隠すありよう〉とは実に巧みな表現である。それが、〈ひと眼には／白くうつくしいはしゃぎとさえ映る〉というのである。そして終行は何と見事な表現である。〈あたりを軽く虹いろの風が吹き過ぎる日に〉とは余韻嫋々の詩情である。

詩集『柿若葉のころ』に収められている詩は実に魅力に富んだ作品が多い。詩「N兄さん」は涙が出るほど美しい。

N兄さん

大学をでたばかりの若い叔父をわたしは
N兄さんと呼んでいた
母を早く亡くしたN兄さんは淋しかったのだろうか
幼いわたしたちにとても優しかった
N兄さんが遊びにくるとわたしも弟も
浮きたったようにはしゃぐのだった
真っ赤なホオズキの吹きかたも教わった
ホオズキのワタを抜くN兄さんの指は魔法のようで
わたしはうっとりと眺めた
父は重病で二階に臥していた
母はいつも忙しく　わたしはこのN兄さんから
折り紙や昆虫の標本作りも教わった
いまでもあの細長い指を大好きだと思う

戦局が日に日に暗さを増していくのは子供にもわかった
N兄さんもなにか慌ただしそうで滅多に来なくなり
収穫したホオズキは机の上でひからびていった

すべての穏やかなものがざらついていく
そんな感じのするある夜
わたしは布団のなかでN兄さんの声を聞いた
〈マリちゃん　マリちゃん〉
声はいつものように静かだった
近づいてわたしのオカッパ頭を撫でると
〈なんだ　もう眠っちまったのか〉
N兄さんはそっとつぶやいて子供部屋から出ていった

ほんとうはわたしは半分目覚めていたのだった
ちゃんと知ってて眠った振りをしたのだった
夜は祖父のお酒の相手をしてかならず泊まっていく
　N兄さん
明日は遊んでもらえるN兄さん
布団のなかで嬉しさをこらえにこらえた幼年のへそ
　曲がりは
しかし　翌朝　微塵に打ち砕かれたのだった

N兄さんは出征したのだった
別れのご挨拶にみえたのよ
周りのものも皆ことばすくなかった

子供のわたしにも礼儀正しく挨拶にきてくれたN兄
　さん
それが最後だった
小学校六年生の浅春　沖縄の海に消えたと伝わるだ
けの

N兄さん
こらえるほどの喜びと
こらえねばならぬ痛恨の枝のさきに
いらいわたしは　わたしだけの網ホオズキを一個
吊りさげたままである

年譜によれば、一九四五年、N兄さんこと叔父上は沖縄で戦死されている。作者十二歳の三月のことである。どのような生活背景であったかというと、〈学校の時間中に校旗をかかげ、校区の出征兵士を駅まで送り、遺骨を出迎えるという日々が続き、顔見知りの戦死者も増えてショックは大きかった。父は回復していなかったが相つぐ空爆のため退院。勤務先の県立図書館では館長、司書ともに男は皆出征、給料を払う者もなく、本も守らねばならず、高熱を押しながら体力のギリギリまで勤務。この間父は私に多くの本を与えてくれた。小学校では十八年のアッツ島、マキン島、タラワ島、十九年七月サイパン島の日本軍玉砕の報が入るたびに講堂に集められ

《海行かば》を斉唱、島の方向に向かい黙禱した。いさぎよし、という言葉は私の辞書にはなく、暗い恐怖感ばかりつのった。〉と作者はその年譜で語っている。作者はN兄さんの想い出を悲しみを込めて記す。きっとステキな人だったんだろうなぁと私は思う。ホオズキの実の吹きかたを教えてくれたN兄さん、折り紙や昆虫の標本作りを教えてくれたN兄さん、出征の前の晩、子供部屋に来て、声をかけ、作者のオカッパ頭を撫でてくれたN兄さん、作者には掛替えのない大切な存在であった方であろう。〈布団のなかで嬉しさをこらえにこらえた幼年ののへそ曲がりは／しかし　翌朝　微塵に打ち砕かれたのだった〉という詩句は反転、その緊張感を伝えて見事としか言いようがない。不幸な戦争、反戦というようなスローガンを掲げず、心に残った追憶だけを正直に記し、N兄さんの散華を記し、平和を愛し、N兄さんの生命を惜しみ、その鎮魂の意味において、この詩は特筆すべき名詩である。私は心からN兄さんのご冥福を祈るばかりだ。

（三）

次に詩集『柿若葉のころ』のタイトル・ポエムを鑑賞してゆこう。

柿若葉のころ

父の病室にあてられた二階の窓から　脊振山（一〇五五）はくっきりと見えた。脊振山の向こうは福岡の街で、小学生のわたしはまだ行ったことのないあちら側を　どのようにも楽しく空想することができた。

わが家の庭には大きなきゃら柿が数本あって　よく実った。晩秋になると竹竿の先を割ってもぎ取り父の病室にも運んだ。その年の秋も小枝をつけた柿を持って行くと　病み疲れた父は横たわったまま手

をのばし　そこに座りなさい　と低い声でいった。
わたしはうっすらと粉を吹いたもぎたての柿の実が父の掌の上であらあらしい生きもののように息づいているのをみていた。

柿の歌を教えてあげよう　と父はいった
　柿もぐと樹にのぼりたる日和なり
　はろばろとして脊振山みゆ
中島哀浪という人の歌だ　覚えておくとよい
はい

父との会話はいつも短かった。病気のために肺活量も少なかったに違いない。小学校では歴代天皇の名と教育勅語を強制的に暗記させられていた。敗色のきざしのみえる戦争のさなか　たかだか六年生の女の子に父はなぜそんな歌を教えたのだろう。アイロ―についてもわたしは何も知らなかった。だが〈はろばろとして脊振山みゆ〉というところは快かった。
坦々とつづく佐賀平野の先に　盟主のようにそびえる脊振山が　わが家から見渡せるすがすがしさも悪くなかった。
〈はろばろとして脊振山みゆ〉……か。

その山の向こうが炎上したのは翌年の六月（昭・二〇）であった。B29六十機が福岡市を爆撃。すさまじい爆裂の地響きはこちら側にも突き抜けて、あの時の恐怖は今も昨日のことのようである。

あれから五十年……といっても　ほんとう　は昨日のことなのだ。わたしはみたのだった。はるばるとしたその先に赤いたてがみを振り立てて狂ったように燃える脊振の山を。
身動きできぬ瀕死の父はなす術もなく　二階の病床から凝視するばかりであったろう。それから三日後喀血と呼吸困難に胸を波打たせながら死んだ。非国民という名を背負う三十七年の生であった。

父さん
防空頭巾をかぶり　水浅黄の大空に感応することも
忘れていた小さなわたしを　今のわたしが見詰めて
います。そのようにあの時のわたしはあなたから見
詰められていたでしょうか。
はるばるとした先をみよ　悲しみはやわらぐだろう
あなたはそう教えたかったかも知れない。敬虔な韻
きに充ちた哀浪の歌一つ　今となれば遺言のように
教わったことと　燃える山をみてしまったこととは
別であった。
はるばるとした山をみよ
はるばるとした天をみよ
やり場のないものをかかえたとき
はるばるとした遠い存在に触れていよ
雲の変幻　颪の出没　凍てつく冬の星座とたっぷり
話をした柿の枝が　いっせいにやわらかなみどりを
芽ぶくのは
そんなことなんだよ
と
ありがとう父さん。今はぎっしり建ち並ぶ家々のた
めに　脊振山はもうみえなくなってしまったけれど
天辺を指す柿の木々は健在で　今年もむせるような
若葉の季節に入ろうとしています。

一読して、涙が出てきそうな詩である。年譜によれば、作者の父上は大学卒業後、女子高の教師として東京に在住しておられたが、作者の五歳の時、発病のため、祖父母とともに佐賀市の実家に帰郷とある。そして作者の七歳の時、結核のため自宅療養を余儀なくさせられている。その父上の思い出が綴られる。〈父の病室にあてられた二階の窓から　脊振山（一〇五五）はくっきりと見えた。〉とペンを起こす。朝に夕に仰ぎ見た脊振山、そしてその向こうの福岡の街を楽しく空想する小学生の作者がいる。その作者の庭には大きなきゃら柿が数本あったという。

晩秋になると枝もたわわに柿の実が生ったのであろう。幼い作者はその柿の実を父上の病室に運んだ折に柿の歌を一首教わる。それは佐賀の歌人中島哀浪（一八八三—一九六六）の〈柿もぐと樹にのぼりたる日和なり／はろばろとして脊振山みゆ〉という歌であった。〈覚えておくとよい〉という父上の言葉に、作者は素直に〈はい〉と返事をする。そして注意したいのは〈小学校では歴代天皇の名と教育勅語を強制的に暗記させられていた〉時代の様相を語っていることも忘れずに記されていることである。又、〈敗色のきざしのみえる戦争のさなか　たかだか六年生の女の子に父はなぜそんな歌を教えたのだろう〉と幼い作者はいぶかる。いぶかりながらも〈はろばろとして脊振山みゆ〉は幼い胸に快く落ちる。その翌年の六月（昭・二〇）に福岡市が爆撃を受け、作者は見る。〈はるばるとしたその先に赤いたてがみを振り立てて狂ったように燃える脊振の山を。〉すごかったんだろうなと想像する。その三日後、作者の父上は〈喀血と呼吸困難に胸を波打たせながら〉お亡くなりになったという。作者が十二歳の時である。私も父を亡くしたのが十二歳の春だった。あの時私は大声をあげて泣いたものであるが、作者もまた、悲しみの涙に暮れたことであろう。年譜には〈六月、充分な薬も処置もないままに父死去。三十六歳。父のことを戦争にも行かず非国民といわれたことが胸に突き刺さっている。〉とある。その思いが詩において、〈非国民という名を背負う三十七年の生であった。〉と語らしめている。

この作品の後半では、現在の時点での思いが語られる。幼年の自己を瞼に映じながら、〈父さん〉と呼びかける。そして父上が教えてくれた歌の意義を知る。〈はるばるとした山をみよ／はるばるとした天をみよ／やり場のないものをかかえたとき／はるばるとした遠い存在に触れていよ〉と父上の声が聴こえてくる。〈雲の変幻　風の出没　凍てつく冬の星座とたっぷり話をした柿の枝がいっせいにやわらかなみどりを芽ぶくのは／そんなことなんだよ〉と作者は心の内に受けとめる。私はここに作者の達観した心境を見る思いがする。

そして終行。〈ありがとう父さん。〉と心から感謝の意を述べる。ここに来て〈父の死〉を超越した作者の晴れやかな顔が浮かんでくる。時は流れ、建ち並ぶ家々のため脊振山は見えなくなってしまった中で、父上に運んだ柿の実を実らせたあの柿の木々は〈健在で　今年もむせるような若葉の季節に入ろうとしています。〉とペンを収める。
　父上のことをかく歌った作者は、母上に対しては次のような詩を作品化している。平成十三年一月に母上がお亡くなりになったが、その折の詩。

晩春

余花にある
ははにあう
里道をならんで歩く
ゆるやかな
のぼり　くだり
いくつか越え
鳥のこえ
水のこえ
トンボの目玉
もうわからない
このくになのか
あのくになのか
あるいは　さかいなのか
こんなに歩いたのに
なにも話さなかったねえ
木の矢じるしのほうに道をとると
ははとはしぜんに訣れてしまい
もとの道の
余花にあう

（母　百ヵ日）

詩誌『ALMÉE』三四九号（発行二〇〇一年六月一〇日）の表紙に掲載された詩である。作者は散り残った花、つまり余花を眺め、母上を偲ぶ。母上が健在の頃、私は作者の母上に一度お目にかかっている。和服をお召しになっていた。紫の似合う素敵なご婦人だった。作者の父上は早くお亡くなりになったが、母上は長命で九十四歳まで、健在であったという。その母上と心の中で〈里道をならんで歩く〉。それは単に〈里道〉というのではなく、母上と歩いた来し方、人生をも意味しているのではあるまいか。〈ゆるやかな／のぼり　くだり／いくつか越え〉とあるように。作者は〈このくに〉にあり、母上は〈あのくに〉にある。いくら〈鳥のこえ／水のこえ〉に耳を傾けたとしても、死者は死者であり、生者は生者である。作者は母上との別れを、そして現実を受け止めざるを得ないことを認識する。その思いは〈木の矢じるしのほうに道をとると／ははとはしぜんに訣れてしまい〉と語らしめているが、淡々とした中に幻視幻想の切なさがある。母上の死後、百ヵ日の感懐である。それ以前に書かれたものに詩「春の訣れ」がある。

春の訣れ

壺はなにごともなく
座っている
母がときおり執着した
古伊万里である

父が愛したのは
白鞘無銘の刀剣
祖父は梧竹の書

真葛が原の鶴首は
祖母の愛蔵の品であった

みんな居なくなって
ものたちだけが残っている
うら悲しさ

古い家のだだっ広い座敷に集まって

母の四十九日を修していると
　わたしのイヌはどこ？
二歳で死んだ妹が聞きにくる
　イヌは死んだよ
　おまえより十年あとに死んだよ
　あの椿の根かたよ

椿のほうに
とことこ歩いていく小さな影
胸を詰めて見送っていると
いつの間につかまえたのか
虹色のトカゲ一匹
いっしょに光りながら
消えかけていく
　九十四歳で死んだ母さんが
もうじきそちらに着くよ
　いろいろお話しておもらいよ
欄間の透かし彫りから

抜けていく香煙
庭先には紅梅　白梅
　春ね
誰かが
ぽつり

詩誌「COAL SACK」三九号（発行二〇〇一年四月一日）に発表された、レクイエムである。母上の四十九日の法要の折の作品であるが、単に母上の法要を語るだけでなく、母上、父上、祖父上、祖母上と、お亡くなりになった肉親の形見の品や愛蔵の品を語りながら、そのうら悲しさを表現している。旧家に見られる愛蔵の品々である。そしてその品の一つ一つにそれぞれの思い出が詰まっている。その寂しさの中でスポットライトを浴びている光景がある。そのスポットライトは決して明るさに満ちているわけではないが、読者の胸を打つ光景である。〈母の四十九日を修していると／わたしのイヌはどこ？／二歳で死んだ妹が聞きにくる〉。その幻影の妹さんと対話を交わす場面《シーン》は絶品である。そしてそのあとがまたいい。〈椿のほうに／とことこ歩いていく小さな影〉という表現は実に的確である。〈とことこ〉である。幼児の行動の様がよく表現されている。そして〈九十四歳で死んだ母さんが／もうじきそちらに着くよ／いろいろお話しておもらいよ〉と妹さんに告げる。作者の中で生き続ける亡き妹さんをかく表現している。そう言えば画家である作者の絵に「妹」という作品があったことを記憶している。〈みんな居なくなった〉悲しみがここにある。

（四）

これまで、詩人福田万里子氏の父上や母上を歌った作品を鑑賞してきたが、今度は友を歌った作品も読んでみたい。詩誌「COAL SACK」二五号（発行一九九六年八月）には次のような作品がある。

夕顔

〈このごろロマンチック・イマジネーションになやまされているの〉。そういってわたしを苦笑させていた十七歳のキッコはどんなに聞いてもそれ以上なにもいわず、二十歳で死んだ。
やさしく聡明な美少女であった彼女と話していると、わたしはいつも心がくつろいだが、キッコにしてみればとてつもない寂しさをかかえていて、それを押し隠すためだったかもしれない。

敗戦の余燼も消えないうちに朝鮮戦争は始まり、鬱鬱としながら、キッコの死を思った。早世の理由は誰も知らず、なにより、突然だったのでお葬式にも行けなかった。あれから四十年。とはいえ、伝え聞くだけの彼女の死をわたしはまだ信じられないところもあり、いつか確かめておきたいとも思っていた。

下のほうからピアノの音が聞こえてくる。それは波のような繰り返しのところでぴたりと止まり、弾き直され、また弾き直される。

ピアノ教師は声をつめて言っているだろうか。

ほうら、そんなふうに同じひびきを出さないで…。

繰り返しが、繰り返しの意味をもつように…。


わたしも、繰り返しに意味を持たせたくて、夕顔の種を蒔いたのだった。古い物語のなかの夕顔を。その白い花を。

大きな葉のあいだから、二つ、三つ咲かせてみるとああ　可憐　可憐。こうやって千年以上、人もわたしも繰り返し、幻想を育ててきたのだと思う。

わたしは一輪の夕顔を起こし、女面をつける。するとキッコが頬笑みながら蘇ってくるのだ。

なぜ死んだの？

ほほほほ、もう時効よ　時効。

のびやかなアルトは、〈このごろロマンチック・イマジネーションになやまされているの…〉。といっていたあのときの声に似ていたが、それよりもむしろ豊饒で、キッコが時効よ時効といったからには、やはりこの世にはないのだと納得せざるをえない。


もうお面　返すから　とキッコがいう。

ええ、あなたはいつも自由よ。

わたしが答えると同時に面は返され、キッコはすでに真白い夕顔。凛と咲きつづけているその花を、わたしはしばらく見守るばかりだった。


この詩には作者の高校時代の友キッコさんが登場する。彼女と話していると、いつも心がくつろいだと作者が述べているように、共に青春を語り合った友である。〈やさしく聡明な美少女〉の彼女が〈このごろロマンチック・イマジネーションになやまされているの〉と作者に話す。女学生同士の会話である。ロマンチック・イマジネーション。直訳すれば、浪漫的幻想とでもいうのか、私には恋愛感情のように思えるが。十七歳の彼女は作者にはそういうだけで、それ以上何も語らなかったという。普通、夢とか悩みというのは語り合うものではないだろうか。けれども作者には何も告げず二十歳で死んだという。第二連を読むと〈早世の理由は誰も知らず〉とある。そういう死だったのである。だから作者は〈突然だったのでお葬式にも行けなかった。〉と語る。そして四十年の歳月が流れる。作者は彼女の死について、自分の心の中では整理のついていないところもあるようである。

三連に入ると一転して〈ピアノの音〉について語られる。ここで作者は〈繰り返し〉の意味を問う。私達は〈繰り返し〉というと全く同じように反復されるものと思いがちだが〈ほうら、そんなふうに同じひびきを出さないで…。〉とあるように、ひびきも違い、強弱もあることに気づかされる。そしてその思いは四連へと続く。〈わたしも、繰り返しに意味を持たせたくて、夕顔の種を蒔いたのだった〉。そう語る作者の脳裡には『源氏物語』の中の〈夕顔〉という女性のイメージが揺れていたのである。『源氏物語』の中の〈夕顔〉は荒れた廃院で光源氏の腕の中で息絶えてゆく可憐な女性である。その女性の死と友の死。何か符節が合う。私にはそんなふうに受け止められる。作者の蒔いた種が、やがて可憐な花を咲かせる。〈こうやって千年以上、人もわたしも繰り返し、幻想を育ててきたのだと思う。〉と繰り返しの意味をここで作者は確認する。

第五連を見よう。作者は一輪の夕顔に対し女面をつける。すると亡くなった友キッコさんが立ち現れてくる。女面をつけることで死者と繋がる世界を作者は描く。そして亡き友と言葉を交わす。〈なぜ死んだの？〉と。友は〈ほほほほ、もう時効よ　時効。〉とのびやかな高い声で答える。ここに来て私は作者が複式夢幻能の手法で作品化しているのに気づかされる。〈もうお面　返すから〉と亡き友がいい、〈ええ、あなたはいつも自由よ。〉と作者が答える。真白い夕顔の化身であるかのようにキッコさんは描かれ、作者は現実に立ち帰る。そしてその花を見守りながら、友を偲んでいる作者がいる。何だかわかるような気がする。重い詩の後には読者が華やぐ気分になる詩を掲げたい。

わたしのラグタイム（薬師寺花会式）

京阪光善寺駅から丹波橋へ
近鉄に乗り換え西大寺から西の京へ
いつの間にか湧いてきたような人びとと連れ立って
　いる
三月三十日
薬師寺花会式初日
梅　桜　桃　椿　藤　牡丹　山吹　杜若　百合　菊
薬師如来　日光菩薩　月光菩薩
白鳳の三尊は　なだれる花に囲まれて
微笑はいっそうやわらいでみえる
わたしもやわらいでいるのだろう　きっと
　まあきれい
　わあきれい
　ほんとうにきれい
誰かれが口ぐちにささやいている
身を乗り出して
みんなきれいが好き
きれいのまえでは言葉は短い
きれいは平和
いろとりどりのきれいきれいは
薬草染めの和紙の造花
いまどきのちゃちな代物ではない
嘉承二年（一一〇七）から一度も滞らないという
古式通りに指先が生む仕事である
きれいは立ち上がる夢幻のきれい
きれいは無邪気のきれい
きれいはこの世のものではないきれい
きれいは御仏への捧げもの
ホンモノのようにきれいとか
ホンモノよりきれいとか

つゆ思わないきれい
超えているきれい
いいなあと　いつ思い出しても
陽ざしのように繋がっていくきれい
母に見せたかったとしきりに思うが
後のまつりだ
これからも後のまつりは増えていき
後のまつりを生きてゆくのだろうけれど
唯識
唯識
寺院を出れば
今年は暖冬
現世の桜ちりぢりの道筋から
東塔を振り返り振り返り
母の好きだった紋白蝶と遊んで帰る

この詩は明るくとてもいい詩だ。歯切れの良いリズム感もある。花会式に臨んだ折の感動がよーく伝わってくる。花会式がどんな行事なのか、私は薬師寺さんに直接電話をかけて教えてもらった。正確には修二会薬師悔過法要という法要のことだそうである。作者は薬師寺さんへ参詣するところからペンを起こしている。〈京阪光善寺駅から丹波橋へ／近鉄に乗り換え西大寺から西の京へ／いつの間にか湧いてきたような人びとと連れ立っている〉。この書き出しは実に巧い。浮き立った気分と期待に胸をふくらませている作者の心情がよく表現されている。薬師寺の電話に出られた方のお話によると、十種類の花を十二の鉢に生けるのだそうである。作者はその花々を列挙する。〈梅　桜　桃　椿　藤　牡丹　山吹　杜若　百合　菊〉と。しかもこれらの花はすべて造花である。〈薬草染めの和紙の造花／いまどきのちゃちな代物ではない〉。この造花を作れるのは、奈良では二軒だけであるというのは先述の薬師寺の電話に出られた方の弁。〈古式通りに指先が生む仕事である〉。前半にある〈まあきれい／わあきれい／ほんとうにきれい〉や〈きれいは立ち上がる夢幻のきれい〉から〈繋がっていくきれい〉までは、きれいづくしの讃美のことばである。如何に作者が感動したかを語っている。そしてこのきれいづくしは詩に独特のリズムを与え、効果的である。後半では亡き母上への思いが、いささかの悔恨を込めて語られる。〈母に見せたかったと〉。終行〈母の好きだった紋白蝶と遊んで帰る〉は花会式の後の思いが溢れていていい。遠隔地で簡単に花会式には参詣出来ない私からすれば本当に羨ましい。私はこの詩を愛して止まない。そして一つ忘れてはならぬ詩句に〈後のまつりだ／これからも後のまつりは増えていき／後のまつりを生きてゆくのだろうけれど／唯識／唯識〉がある。私達の日々は、ああすれば良かった、こうすれば良かったという思いの連続なのかも知れない。その点をすーと詩の中にはさみ込むのも作者独特の手法なのかも知れない。

氷見　そして水のキリン

氷見はむかし
火見でした
いつの頃か大火で焼けてしまい
氷見となったそうです

教えてくれた相席の女性に別れ
終点の氷見で降りると
鳶がゆったりと舞っていた
どこの家も藤袴と秋冥菊の盛り
その日　立山連峰は見えなかったが
晩秋の海はまぶしかった

いまはアオリイカがおいしいよ
乳母車を押した老婆が声をかけてくれた
わたしは火見の海で赤く染まりながら
颯爽と泳いでいるアオリイカを思い
透きとおるその白い身をたべた
氷見は火見だったかもしれないが
日見だったかもしれないいな

東向きの穏やかな海岸線を眺めながら
アオリイカにわさびをのせた

ふと　燃えるキリンのことが気になった
燃えるキリンはまだ燃えているだろうか
それとももう
燃えつきてしまい
水のキリンになっているだろうか
火見は氷見だもの
燃えるキリンが水のキリンになっても
不思議はないわ
それはみんなの願いだもの

詩誌「樂市」四三号（発行二〇〇二年一月一日）に発表された作品である。富山県の氷見に旅した折の所産である。〈氷見はむかし／火見でした／いつの頃か大火で焼けてしまい／氷見となったそうです〉と電車での相席の女性が教えてくれたところから、この詩は始まる。作者は終点の氷見に降り立つ。鳶の描写も藤袴や秋冥菊の描写も、街の情景を伝えるに相応しい。時は晩秋、所は海。そして海辺で〈アオリイカ〉を〈乳母車を押した老婆〉から勧められたのであろう。作者は〈颯爽と泳いでいるアオリイカを思い／透きとおるその白い身をたべ〉る。心の中で〈氷見は火見だったかもしれないが／日見だったかもしれないな〉と思う。海岸線を眺め、アオリイカにわさびをのせ、食す。それから画家でもある作者はダリの〈燃えるキリン〉を心の中でイメージする。こういうところが作者独特の詩的世界であろう。〈燃えるキリンはまだ燃えているだろうか／それとももう／燃えつきてしまい／水のキリンになっているだろうか〉。終連は実に面白い見方だと思う。火見が氷見なのだから、燃えるキリンが水のキリンになっても何の不思議はないというのである。〈それはみんなの願いだもの〉、この終行は巧いという他ない。

付記　この論は「サロン・デ・ポエート」二四二号～二四五号に連載したものを一挙まとめたことを述べておく。

解説

「歩け帰ることなく」

～阿部堅磐『舞ひ狂ひたり』詩集評～

里中智沙

I　テーマについて

最初から五番めに置かれた「ある戦慄」の最後、「私」は心の中で叫ぶ。「建よ建　もう一度　あなたに会いたい」と。この、無防備な肉声ともいえる一行こそ、本詩集I部を凝縮する主題である。

「建」とは二〇〇四年に亡くなった歌人・春日井建。本詩集の叙述によれば阿部とは若いころから親交があり、阿部は深い敬愛の念を寄せていた。その春日井建への挽歌が本詩集二十篇中七篇を占める。特徴的なのは、阿部の慟哭の思いが伝わるのはもちろん、その中から春日井建の姿が輪郭もくきやかに立ち上がることだ。ものしずかでたおやかな物腰の青年が髣髴とする。その声の深みまで聞こえてくるようである。長年、身近に接してきた阿部の筆ならではであろう。そういう意味でこれは最高の挽歌である。その上単なる「悼む歌」に終わっていない。

残されたこの身も／詩的生命を舞い狂い続けましょう／あなた同様に　『舞ひ狂ひたり』

そしてあなたが／真正に生命を愛惜され／亡くなられる間際まで／歌い続けられたように／私も命果てるまで／詩《うた》い続けようと思います　『光華《かがや》ける歌』

同様の言辞は他にも散見し、死者の魂を引き継ぐという気持ちが強く出ている。まさにその思いから編まれた詩集と言えるだろう。阿部は、死者を彼岸のものとして悼み悲しんでいるだけではない。死者のいのちを我がうちに甦らせ、そのいのちを生きようとしている。決意声明ともいえる力強い挽歌である。Ｉ部の他の三篇も追悼詩だが、心のベクトルは同じだ。春日井建の歌の一節を引用した『舞ひ狂ひたり』というタイトルがすでに、故人への慕《おも》いであると同時に、あるべき自画像なのだ。

そしてⅡ部の冒頭に置かれた「初夏の野歩き」（詩集中もっとも阿部らしく、楽しい作品で、私は一番の佳作と思う）がせかいを転換する。この作品のこの位置は絶妙である。

今まで年上の人々を追慕していた「私」が、立場を逆にして年下の青年と山の辺の道を歩く。ふりそそぐ燦燦たる初夏の光り。生きるとはこの繰り返し。まさに「巡る生命」なのだ、と思わせる。そういえばこの作品中の二人の会話に登場する、三島由紀夫の「奔馬」の主人公も先人の志を引き継ごうとした青年である。Ｉ部の思いはここで集大成され、阿部の「現在」に脈打っていることをまざまざと知る。そして旅の詩へと扉がひらかれるのだ。

Ⅱ　文体について

以前にも書いたことがあるが、阿部堅磐のことばは徒歩のリズムを持つ。それも気取って歩いたりはしない。小走りにもならない。あくまでも散歩のリズムでぶらぶらと往く。「初夏の野歩き」や「そぞろ歩き」が成功しているのは偶然ではない。作品の内容とことばのリズムがぴたっと合っているのだ。だからある程度歩いてくれないとオモシロクない。オムニバス形式の詩（「園原《そのはら》」「中国路の旅」「熊野路の旅」など）は私には物足りなかった。観光絵葉書に堕す危険もある。たとえば「中国路の旅」中の「美作院ノ庄」は太平記の一場面を思い浮かべたあと、「私の心は妙に昂っていた」で終る。どんなふうに「昂っていた」のか？　そのあとを聞きたい。「妙に」で片付けてもらっては困る。また「出雲大社」のラストは「ふと詩人の千家元麿のことが脳裡を掠める」。それで？と言いたくなる。この後に続けてほしい。やっぱり阿部の詩にバスは合わない。あっというまに飛び去って、醸成される時間のなかった酒のようなものだ。レンタサイクルがぎりぎりセーフだ（「岬めぐり」）。

阿部は瞬発力で人目をおどろかす短距離走者ではない。ぶらぶらゆっくり、車や列車があっさり黙殺するような雑多なものまで語る、「歩き」の詩人なのだ。

それと関連していると思うが阿部の言葉は全くと言っていいほど気取りも衒いもない。無造作とさえ言える。ふつう詩を書く人間なら、特に「現代詩」を意識する人間なら、書かないところまで書いてしまう。「初夏の野歩き」でも、たとえば二上山を望む第八連の「高い山だなぁと思う」や、次の連の「さて行くか」や、末尾近くのカメラマンの件りなど…　一見なくてもいい無駄な部分に見える。しかし、これらのことばが何とも微笑ましく楽しく、語り手の阿部の人柄までじんわり伝えてくる。それに「歩く」とは元来そういうことではないか？　車のように効率よく目的地から目的地へと回るものではない。行きつ戻りつ、立ち止まったり道草したり…　「無駄」が楽しいのだ。阿部のことばは説明ではなくそれを語っている。だからこそ、ある程度の距離が必須なのだ。長さあって「無駄」が活き、本質が立ち上がる。短詩の場合、ことばの気取りのなさがそのまま放り出されてしまうのだ。だから歩いてほしい。歩いて、歩いて、徒歩のリズムを極めてほしい。そして、あったまま見たままを現代の「歌枕」として現出し、阿部のせかいを極めてほしい。春日井建の第二歌集のタイトルを本歌取りして阿部に言おう、「歩け帰ることなく」と。

「宇宙詩人」第十号（二〇〇九年四月）

阿部堅磐の「青春の健在」

中村不二夫

阿部堅磐は高校教師を務める傍ら、これまで詩集『倒懸』『八海山』『貴君への便り』『生きる』『訪れ』等の刊行、小説の執筆の他、詩歌鑑賞ノートとして古典から現代までを対象にした多くの詩人論を書いている。評論では、希有な思想詩人瀬谷耕作を鋭く剔抉した「瀬谷耕作論」（「詩と思想」九九年十一月号）が印象に残っている。さらに詩誌「サロン・デ・ポエート」の詩集紹介、笠原三津子論（連載）と、その活躍ぶりは詩界のオールラウンド・プレーヤーと呼んでよい。

詩集『あるがままの』を形作っているのは、安保反対に始まり、東京オリンピックを経て、ベトナム反戦フォーク全盛まで、日本の高度成長期、六〇年代に青春を送った日本人のきまじめさ、正義感、倫理感であろう。六〇年代を代表するのは、映画では『キューポラのある町』『愛と死を見つめて』『若者たち』、小説では柴田翔『されどわれらが日々―』とすべて若者たちであった。おそらく六〇年代は、戦後日本の青春がもっとも輝いていた時期で、阿部は苦学生であったが、そうした青春をもっとも謳歌した一人であろう（六〇年代の青春には苦学生のほうがふさわしい）。詩集『あるがままの』には、かつての青春を振り返りながら、友情の尊さ、理想を追うことのすばらしさ、どこまでも人を信じることの美しさが描かれている。そして、そこにはかつてはどこにでもいて、今はどこにも見られない愚直で心が強い日本人が生きていて、懐かしさのあまり涙する読者も多いのではないか。そして、ふと高見順の名詩「青春の健在」に出てくる新聞配達の少年のモデルは、阿部ではなかったかということを思ってしまった。この詩で高見は、自らの死の淵に際し新聞少年に日本の未来を託したのである。

いまやベテラン教師阿部堅磐だが、いまも新聞少年の初々しさをのこしながら、日々詩作を中心に創作活動に余念がない。そんな阿部が医師となった級友と過ごす時間（「君と私は」）は、かつての青春の日々そのままである。寺にいる友人の顔を見れば（「仏縁かな」）、「君が語る仏法の／爽やかな風」と、まるで止まっているかのように悠然と元の時間が帰ってくる。岐阜大垣の抒情詩人、成田敦への「悼詩」、叔父の死を見送る「文学の友」と、阿部にとって死者さえも尊い友人で、ひたすら声を亡くした人々ともことばを交わす。ここで私は、現世（物理的時間）を超越した物質的時間のありかを思う。現世で人と人とが真に交わりをもった物質的時間は、その死後においても消えることはないのだと。

しかし、現代の物質文明の稀薄な人間関係の前には、すべて他者を有用価値の有無で計る物理的時間しか存在しない。そこでの特徴は、粗雑、多忙、喧騒で、だれもが「いつも忙しく」、「人のために尽くす」時間の余裕などありはしない。このように魂の外における物理的な連関では、真の友情を構築できるはずがない。そういう時代に、阿部の詩は、真に生きることの意味とは何かを教えてくれる。

われわれは、阿部の青春への回顧をきれいごとだと軽視してはいけないと思う。バブル経済崩壊後、日本人が取り戻すべきは、この詩に見られるきまじめさ、正義感、倫理感である。政治家、官僚、企業人、教育者、いわゆる日本人全体がなくしてしまったのは、阿部の詩に現われる人間が人間を信じる力、心の底から語り合える質的時間なのではないか。われわれは今こそ、この詩集に流れているような人間が人間らしく生きるための質的時間を奪還すべきであろう。

第二章は、一転阿部の古典への知識と国内外の旅がモチーフになっている。阿部の専門は国語で、國學院大學出身だから当然神話にも和歌にも詳しい。神話には日本人の原型があるが、この詩集にも海彦山彦（「鵜戸神宮」）、タケミナカタの神の国譲り（「諏訪」）という作品が収録されている。そこには、千数百年の時を超越して現代人の魂に直接訴える力がある。ここでも阿部は、この世に物質的時間という普遍的な価値があることを信じ、現在と神話を一気に切り結びながら、人は「どう生きるべきか」という問いを掲げている。

阿部が頻繁に旅をしていることは、しばしば旅先からいただく絵はがきで知ることができる。この詩集には、沖縄、北海道、スペインという、旅の一部に題材を得た作品が収録されている。「こんなひどい壕の中／死んでいったうら若い乙女達」(「ひめゆりの塔」)、「歌の意味はわからぬが／踊るジプシー達は／何故　あんな苦悶の色を／見せるのだろう」(「グラナダの夜」)と、その対象が人間であれ、風景であれ、読む人を一瞬の内にその世界の内側に包み込んでしまう。この章でも阿部のきまじめさ、正義感、倫理感は変わることはない。

人間には天国というべきか極楽というべきか、すでに生まれた時から行く場所は定められていて、だれもがほんの束の間死への道程を猶予されているにすぎない。本当は、人間はどこへも自由に行けないし、死を前にすれば人間が自由に生きることなど幻想にすぎない。「あるがままの」自分を晒して生きるとは、そうした現実を知りつつ、死を恐れぬ心をもって生きることの意味ではないのか。ひたすら阿部が旅に出るのは、ケストナーではないが、人生は旅であるというアレゴリーによるのではないか。

阿部の詩を読んで、人生の目的とは「あるがままの」自分を生きて、その経験を記憶すること、そして、それを死後も意味をもつ質的時間へと還元していくことだと気付かされる。阿部の文学に迷いはない。恐れず、ひるまず、すべて前向きに構築される。そして、その旅には妻という伴侶がいることの喜びも合わせて。

詩集『あるがままの』(二〇〇二年十一月)解説

乱世に響く詩人の鎮魂

中村不二夫

　詩の言葉は、一般に神の領域にあるものと考えられている。そして、それは霊界から派遣された巫女や霊媒の存在によって、われわれ世俗のもとに届けられるものとされる。古今東西、哲学者たちや詩学者たちの耳目を引いたのは、そうした巫女や霊媒の存在である。日本では津軽のイタコの人たち、沖縄のユタの人たちもここに入れて考えてもよい。他界と交流ができる巫女や霊媒によって、天（宇宙における森羅万象の出来事）の言葉が地（人間界の思いや情感）へと直接に結ばれていくのである。だから、詩人とはすべからく巫女や霊媒を呼び覚ます力を持っている者を指す。そうした能力がなければ、この宇宙に漂う気配や色、それらを容易に言葉に変換できるはずもない。いうなれば、芭蕉の俳句、シュルレアリスムの自動記述も、とりわけ、内に住む巫女や霊媒の為せる業であっただろう。とりわけ、人間の無意識層に巫女や霊媒は住む。

　現在、日常的にそうした巫女や霊媒と寄り添うことを仕事とするのは神官である。この詩集は、そうした神官であった五歳年上の兄への鎮魂歌である。二人は「滝に打たれたり／断食を重ねたりする／荒々しい行者の血／そして／玲瓏たる神殿で／おごそかに祝詞を上奏する／心美しい神官の血／その両者を併せ持った父」（「炎を秘めて」）を持つ兄弟である。兄は「十五の時からおよそ十年の毎夏／木曽の御嶽の山林に入り／数日間の修行を積んで」、父の歩いた神官の道を行く。しかし、阿部は高校の教員となり文学の道を歩む。同じ聖職者であっても、兄とは違い内には文学という鬼神を抱え込んでの孤独な行脚である。兄が弟の精神的支柱となっていたことは想像に難くない。

　ときに阿部は、兄の姿を通して、自らの身体に刻み込まれた行者の血と神官の血をうかがう。

父や兄に流れ／私の身にも流れている／誇り高い神道主義の血／その猛きざわめきに／突き動かされ／いくたびも重ねて来た／壮年期の／遥かな国々への／山訪ね／神訪ね

（炎を秘めて）

突然のその兄の死。享年五十四歳。もはや、阿部は片方の翼をもぎとられ空を飛べない心境であっただろう。

そんな日々の暮らしの中／小雪舞う深夜／あなたは人生の旅を終えました／愛しい妻と三人の子と一人の弟を残して／享年五十四歳

（逝きし兄へ）

私が病で倒れた時／田舎から駆けつけてくれた兄が好き／八海山の七瀧に打たれ／修行を積んだ兄が好き／月の夜　漢詩を作っていた兄が好き／祝詞を誦み太鼓をたたき／お勤めをしていた兄が好き

（兄が好き）

そして、阿部はこの詩集のタイトルを男巫女としている。一般的に巫女とは未婚の女性で、神に仕えて神事を行い、神意をうかがって神託を告げる者のことを言う。しかし、ここで阿部は、その女・巫女をあえて二人の化身である男・巫女であるとしている。そこに深い契りの兄弟愛・人間愛が感じられる。そして、ミューズを宿した男巫女と兄との交歓は、天国での酒盛り、再びの文学談義、人生問答の続きと終わりがない。そこでの交歓の果てに生まれたのが詩集『男巫女』である。おそらく、作者の阿部は、この詩集を半分作ったのは死んだ兄だと言うのだろうか。

「なおらい」では、死んだ兄が心経を誦し終え、「にぎやかな直会が終わると、兄は得意の横笛を唇に当て、吹き始める。」。哀愁に満ちたフレーズが心に食い込む。この詩集全体が、神さまに備えた神饌をみんなが一緒にいただくという直会の精神で作られている。

つぎに、阿部が渾身の力をふりしぼり作り上げたのは長編「霊神に捧ぐ」である。

ここは／亡父《ちち》の昭嶽霊神／亡母《はは》の妙鏡霊神／亡兄《あに》の
教覚霊神／あなた方三人の御魂が住まう処／やっと
会うことが出来ました／今日は妻も一緒です／後で
五人で酒盛りをしましょう
（部分）

ここでは現世と来世の区別なく、生者と死者の対話での饗宴が繰り広げられる。物質至上主義がはびこり、生命が軽視され物が粗末にされている現在、亡くなった人間を敬う祖霊信仰など、その内実がもっと再認識されてもよい。

日本は八百万の神の国であるとされる。われわれは初詣や地鎮祭、節分の豆撒き、端午の節句、七五三のお宮参り、夏祭りや秋祭りなど日本古来の神道と親しむ機会は多い。しかし、それは仏教やキリスト教のように知的好奇心を刺激しない。その要因は、神道精神が一切の文明に加担せず、対立構造を持たないアニミズム的要素からきていると思う。さらに戦時下の日本、神道は神話と共に軍部に利用されたことなど、キリスト教や仏教のような教義をもたない非論理性が指摘されてきた。

しかし、こうして世界中がグローバリゼーションの余波を受けて、各地域で宗教戦争を引き起こしている現実を思うと、すべての生命あるものを分け隔てなく尊重する、神道のアニミズム（精霊崇拝）の精神に立ち返ることは、人間としてのもっとも自然な姿ではないか。この詩集の根底には、そうした世界平和、人類共存という究極の願いが、兄への鎮魂の姿を借りながら表現されている。そうしてもういちど詩集を読むと、これは単なる兄への鎮魂歌などではなく、現代詩の新しいテーマをも内に孕んだ問題作とも言えないだろうか。

これまで日本の詩は、明治以降優れたキリスト教詩人たちを生み出してきた。あるいは、象徴詩を作った形而上詩人の多くは、一方で仏教詩人の称号を得てきている。しかし、前衛を標榜する現代詩の領域にあって、あまりに素朴過ぎる神道世界にそれに匹敵する人材は輩出できていない。それが、現代詩百年の歴史を豊かにしてきたかどうかは、今後充分検討の余地がある。その意味で、阿部の詩集は現代詩百年の評価を根底から覆す力をも内に秘めている。

最後に、詩集の末尾に納められた「炎を秘めて」の終連を紹介したい。

すでに愛《いとお》しい／父兄《ちちあに》もない私は／この先変らず／和魂《にぎたま》と荒 魂《あらみたま》のとよむ／男巫女《おとこみこ》の世界を突き進もう／胸に炎を秘めて／古き書物を旅し／まだ見ぬ異《くに》境《ぐに》を巡って〳〵（父よ兄よ　わが生を見そなわし給え）

こよなく人間を愛し、この地上に生きとし生けるもののすべてに、熱いまなざしを注ぐ阿部堅磐の神道精神は、乱世の時代に生きるわれわれにとって充分信頼に値するものである。おそらく阿部堅磐の詩集『男巫女』は、日本の現代詩に神道詩人という呼称を定着させた先駆者として、多くの読者にその名が記されていくであろう。

詩集『男巫女』（二〇〇四年十二月）解説

古典の魅力と現代詩

中村不二夫

最近話題になっている本の一つに藤原正彦著『国家の品格』がある。数学博士の藤原は元来日本には「情緒と形の文明」があり、論理と合理性を重視する欧米には追随すべきではないと現代社会へ痛烈な文明批評を投じている。

明治の近代化以降、日本人の精神的な骨格は「脱亜入欧」の名のもと欧米キリスト教思想の移植によって形成されてきた。とりわけ口語現代詩は、欧米詩の翻訳によって発展してきたことからその傾向が強い。すべての源泉は、島崎藤村の『若菜集』が讃美歌を換骨奪胎して作られていったことの中にある。ここらで、そうした欧米依存の価値観を軌道修正し直す時期がきたのではないか。その一つが、ここで阿部が試みている日本の古典を現代詩に止揚する弁証法的視点である。何よりこの詩集が、日本にはとくに欧米文学に依存しなくてもよい精神的遺産が山ほどあることを立証している。

詩集『梓弓』は、あえてわれわれに古典の知識がなくても楽しく読み進めることができる。その理由は分かりやすく言えば時間の超越であるが、きわめてフレキシブルに、過去の時間が瞬時に現在のわれわれの人間生活の場に立ち返って来る。よって、読者は古典特有の文法的な構成要素を踏まえず、その中の優れた養分だけを余すことなく味わうことができる。阿部が専門の古典を現代風に味付けしており、古典入門書としても最良である。

巻頭の「花月」は室町時代の幻想的な能作品がモチーフ。阿部は「七つの時に天狗に攫われた／半僧半俗の少年に／己れを見る」という。ここでの父は天狗にさらわれ行方不明になった子供（花月）を探し全国行脚。そして清水寺で一人の喝食《かつしき》（禅宗の少年行者）に遭遇。父は舞台に立つ子供に再会しその後親子の旅に出る。ここで阿部は舞台の上の少年行者に「俺の貧しかった青春時代のようだ／懐かしい男や女の顔が／夜の闇に浮かぶ」と自らの青春時代を投影するが、早くから親元を離れ上京し、住み込みの新聞少年として働き、必死に苦学をした少年時代のことが脳裏を掠めたのであろうか。この詩も含め、すべて阿部の手法は古典に回帰するのではなく、むしろそのエキスを現在の自らの生活の上に蘇らせているところに特質がある。

続いての「三河八橋」という作品は、平安時代の「伊勢物語」から、自らを「えうなき身」と思いこんだ在原業平らしき「男」が「から衣きつつなれにしつましあればはるばる来ぬる旅をしぞ思ふ」と詠う杜若姫との悲歌。「三河八橋」は、業平がその歌を詠んだ場所として有名。阿部は名鉄の三河八橋駅で下車、業平の幻影を内に隠しつつ和歌の舞台へと歩を進める。そして、阿部は自らの内面を業平の歌に投げかけ、「己れを無用の者と／位置づけ得ない人に／一体　何の文学が獲得できようか」と文学への一途な思いを託す。ここでも、阿部の心情を通して業平の思いを平成の現代に蘇らせた力量が光る。

つぎの「石碑」という作品の主題は、天誅組決死隊副隊長の刈谷藩士宍戸弥四郎。ここでも阿部は、現在の国家の有り様に思いを馳せ、「本当に人生を愛することの意は／国事であれ／芸術であれ／恋愛であれ／力強い一途な真心を持つことだ」と宍戸の殉死を踏まえて力強く語る。藤原は日本人には古典によって育まれた「情緒と形」の精神性があるといったが、阿部の詩はそのことの意味を具体的に読者の情感に深く訴えかけてくる。

「中大兄皇子と鎌足が／国家の行く末を語りあったという」「談山神社」(桜井市・藤原鎌足を祀る神社)、平安時代の日記文学「伊勢日記」をモチーフとした恋愛物語の「身も果てず」。「更級日記」に人の一生の有り様を重ねた「ふりかえれば」と興味深い作品が続く。さて、タイトル・ポエムの「梓弓」は読む者を圧倒する大作である。これは昨今の安作りのテレビドラマが束になっても勝てない世紀の恋愛物語。三年間、夫の帰りを待ちこがれた妻だが、ついに夫は帰らずとうとう三年目に再婚を決意してしまう。そして、その「新枕」当日偶然にも夫が帰って来るという劇的なシナリオ。こうした運命の悪戯は先の戦争にもあっただろうし、現在でもないともいえない。たとえばわれわれが、恋愛対象である異性を目の前にしたとき、己の欲望を満たすかのようにそれを食べ尽くしてしまうが、本来の恋愛の美しさとは、こうした相手をじっと待つことの禁欲精神の中にあるのではないか、ということを考えさせられる。このように阿部の詩は、古典の中から日本人固有の普遍的な感情を引出し、それを現代の言葉に移し替え、そして、その言葉は日本人の美意識の極限を映し出すことに成功している。

それにしても、現代詩のテーマから恋愛詩が消えてしまって久しい。詩が高度な言語芸術に発展したのはよいが、多くは現実感を伴わない観念的なものに掏り替わってしまっている。それでは、もう一篇、「あしからじとて」を読んでみたい。タイトルに添えて「あしからじとてこそ人のわかれけめなにか難波の浦もすみ憂き」(『大和物語』)の歌。こちらは、愛し合いつつも生活苦から離れ離れになった夫婦の恋愛物語である。その後、妻は、殿様の後妻に入り裕福な暮らしをする一方、夫はさらに貧しくなって乞食の生活。二人は妻の計らいで再会を果たすが、変わり果てた夫の姿に未練を抱きながらも館に帰ってしまう。昨今は恋愛物語といえば韓流ブームだが、日本の古典にはこうしたスケールの大きい恋愛物語が数多く残っていることを知らされる。いずれにしても、このようにつぎつぎに古典の名作を現代に蘇らせていく阿部の筆力は凄い。現代詩全体が、もっと阿部のような形で古典の活用の方法を考えてもよい。

巻末の「大津皇子」は感動巨篇。大津皇子は壬申の乱で活躍した悲劇の皇子として著名。父は天武天皇、母は大田皇女、姉に大伯皇女。天武天皇の死後、皇子は天皇の後継者と目される「草壁皇子」側の策略によって、謀反を計画したとして自害させられてしまう。これは権力者側が、事前に「明朗闊達で人望の高かった」皇子の存在を恐れ消したということなのか。阿部はタイトルに添えて、自害の直前に詠んだ皇子の歌「百伝ふ磐余の池に鳴く鴨を今日のみ見てや雲隠りなむ」を引く。そして、皇子の無念の涙を自らの手によって晴らすべく、時間を越えて「悲劇の姉弟の無念のあらましを記し、その歌境に触れる」ことを試みる。

それにしても、古代の権力闘争は人間の本能が丸出しでいかにも凄まじい。阿部は、この物語をさらに個の有り様に深化させ、「それから間も無くでした。そなたの処刑を知らされたのは。そなたの妃皇女山辺殿は狂ったように髪を乱し、裸足で後を追い、見事な殉死を遂げた」と記す。ここで、阿部が皇子の自死を他者からの処刑とみていることにいろいろな意味で興味がある。そして、皇子の後を追った妃皇女山辺の存在も印象的で忘れ難い。

阿部堅磐にとって、古典文学を渉猟して歩くことは、「日本人とは何か」の民族的な古層、あるいは「自分とは何か」の個の深層の再発見につながっているだろう。阿部の描く詩の人間ドラマには、古典を通してみた日本人の言霊のありかが象徴的に集約されている。これからの日本人の生き方は、近代か反近代か、和か洋か、グローバリズムかローカリズムか、どちらか一つの狭い選択ではなく、それら両極を個の内側で弁証法的にジンテーゼすることが望ましい。その意味で、阿部堅磐の詩集『梓弓』にはそうした視点があり、間違いなく現代詩の新境地を開拓したものとして位置づけてよいだろう。

詩集『梓弓』（二〇〇六年七月）解説

若い定家の光と影

中村不二夫

戦後、春日井建ほど芸術ジャンルを越えて人口に膾炙されている歌人はいない。その理由の一つに、三島由紀夫序文で出版された第一歌集『未青年』の「われわれは一人の若い定家を持つた」という結びの言葉の衝撃がわれわれの記憶に新しい。ちなみに『未青年』から、「大空の斬首ののちの静もりか没ちし日輪がのこすむらさき」の一首を引いておきたい。ある意味、春日井建ほど、その作風はもとより、生き方においても神話的かつ刺激に満ちた歌人はいない。

春日井建（一九三八―二〇〇四）は愛知県に生まれ、名古屋市千種区光ヶ丘に居住。二〇〇〇年に歌集『友の書』『白雨』で迢空賞を受賞。阿部堅磐の新詩集『舞ひ狂ひたり』は、幻想と耽美の歌人、春日井建の等身大の日常を描いた、きわめて含蓄に富んだ異色の春日井建論といってもよい。それでは、阿部と歌人春日井建がどのような経緯で結びついたのであろうか。

あなたが三十五歳／私が二十九歳の時／あなたの父上瀇先生より／あなたを紹介されました／以来時々喫茶店で話し合ったものです／語らねば更けなかった夜々

（「舞ひ狂ひたり」より）

ちょうど今から三十年前／瀇先生主幹の歌誌「短歌」に／私は私の物語詩「大津皇子」を発表した／それ以来親しく／その家に出入りするようになった／それぞれの勤めを終え／夕食の和やかな語らいもすむと／端厳な父と／淑徳な母と／温雅な子が／時に三者三様の鬼となる

（「光ヶ丘の家」より）

阿部によれば、春日井瀇は一時期中部神祇学校の校長をしていたが、同時期に自らの父親も教派神道の神官であったという。そのことから、阿部と春日井一家との交遊関係が自然と築かれていったのであろう。春日井からすれば、阿部が国文の専門家であったことも、二人をひきつけあう要素になったと思われる。ここで阿部は春日井一家を端厳な父、淑徳な母、温雅な子であるとしたが、それがいったん文学のことになれば三者三様の鬼に変身するという。この鋭い観察は阿部自らの姿勢も含め、文学者の本質をずばりと言い当てている。

阿部にとって、春日井の死は自らの肉体の一部が略奪されたかのようで痛ましい。春日井建の死を悼む七篇は、すべて愛する対象を失った者の慟哭に満ち溢れている。春日井との出会いからその死まで、世俗的打算は微塵もみられず、それは文学者同士の友情の絆でつよく結ばれている。現世でこうした友情関係を築き、それが追悼の言葉に昇華し、このような追悼詩集を世に出せたということ自体が奇跡で、阿部ほど周囲の人間関係に恵まれた幸福な人間はいない。

そして、もう一つ見逃せないのは、これは生者が死者を見送ったというより、死者との来世での物質的時間の共有を望んでいることである。物理的な年齢からいえば、まだ充分若い阿部であるが、春日井の死によって、はじめて自らの死の影をそこに察知したのであろうか。

　この頃では／あなたを偲ぶことが／私の生活の一部になっております／（略）この喫茶店《おみせ》で／あなたと二人でお茶を飲み／隣の花屋さんで花を買い／あなたの母上にと／別れ際／笑顔のあなたに託したものです

（「この喫茶店《おみせ》で」より）

　あなたが亡くなる少し前／用があって／あなたを訪ねた時のことです／――今日は記念の日です／私の大切な絵が届いた／この日にあなたが／来てくれたのは嬉しい／そういってあなたは私を／自分の書斎に導き／壁に飾られた絵を見せてくれたのは／忘れられないその絵の眩しさ／――高かったんでしょう／――車一台買える値段です／答えるあなたは／何かとても晴々とした表情でした／／今　思います／病だったあなたが／余命幾許もないことを悟り／自己の生の残照を／そこに見据えたのかも知れないと

（「残照」より）

　阿部堅磐が春日井建の母上にと花を手渡す場面が目に浮かぶ。だれが、かつてここまで春日井の内部に分け入って、その真実の思いを描けただろうか。また、春日井にそれを許された人間は稀であろう。「残照」は春日井の日常と非日常、表層と深層、世俗と非世俗のあわいを描いた作品として興味深い。それと共に、そこには春日井の生と死、光と影のコントラストが鮮やかに映し出されている。まさにこの詩のように、春日井は日没の残照の中へ忽然と姿を消していったのである。本詩集の中で、「残照」はきわめて密度の高い作品の一つとして記憶しておきたい。一章には、他に三篇の追悼詩が収録されている。

　二章は阿部の持ち味がもっとも生きる紀行詩である。

中世、歌人は行きたくても行けない場所を想像し歌枕としてそれを詠んだ。しかし、現在旅は容易になって、阿部は妻を伴い日本のみならず世界中を頻繁に旅する。阿部は国文学者として、かつての歌枕の地を身体で追跡し、中世の人々の思いを現代へと推蔵することを目指しているのであろうか。

「初夏の野歩き」という作品では「海石榴市跡」から歌垣にモチーフがつながる。ここで阿部は「日本書紀では武烈天皇が／鮪に歌垣の唱和に敗れている」と書いているが、「源氏物語」では光源氏が好きな女性を見初めると、即座に歌を作り自分に気を引かせたという。それからすれば、現代は歌が物に代わってしまっているが、ある時代まで「男女が歌を詠み交わし　プロポーズする」という歌垣は珍しいことではなかった。それだけ日本人の精神性が後退したという意味で、文学全般の衰退もうなずける。たとえば、現在好きな異性ができたら、自作の歌をプレゼントするということ自体、きわめて現実離れした発想になっているが、はたして、われわれ詩人はその見方に同調してしまってよいものか。

さらに、阿部の友と連れ立っての「初夏の野歩き」は、「三輪そうめん」にまつわる「神の化身」の神話を引出し、「雄略天皇にプロポーズされ／八十歳まで待った」引田部赤猪子の地「三和河」の先へと歩を進める。この「初夏の野歩き」は、現代から歌枕の場に迫った視点が独創的で新しい。それを可能にしているのは、阿部が日本の古典に豊富な知識を持ち、日本各地の地名への旺盛な好奇心とそれを満たす人一倍の行動力があるからに他ならない。

つぎに阿部は、妻の里「刈谷の町」を歩くが、そこでも一瞬にしてかつての歴史劇が再現される。郷土資料館には天誅組総裁、松本奎堂の肖像画、その隣りには藩校文禮館の跡碑、さらに城址、亀城公園。そして、阿部は本刈谷神社の傍らを通りながら、「妻よ／この美しい／あなたのふるさとを愛せ　と」（「そぞろ歩き」）呟く。阿部の詩は歌枕の追認と言ったが、そこには同時に現実事象を越えた人間精神の発見が企図されている。

「竹島点描」という作品は「海辺の水族館で／かわいいアシカ・ショーを見物」する現実が、浜辺に三河の国司であった藤原俊成の銅像をみるや否や、「御子左《みこひだりけ》家歌学を樹立し／家集『長秋詠藻』を残した」歴史的現在に転位する。このように、現在と古典の統一的止揚こそ阿部ワールドの持ち味である。そして、そこでのキーワードは、ここでの藤原俊成はじめ時代を超越した人間の具体的実在の発掘である。われわれは、彼岸から一瞬現世に派遣された舟人であろう。現世は百鬼夜行が周囲を徘徊し、波高く、風強く、だれ一人枕を高くして眠ることはできない。だからこそ、阿部は悔いのないように中世の歌人のように必死に歌うのである。そして、だれもが現世での任務を終えて、その死後、それぞれ自らの希望する歌枕の場へと必然的に帰っていくのである。春日井建は自らの最後に日没の残照の風景を選んだが、はたして阿部堅磐はその最後にどんな歌枕を身に纏うのだろうか。

　阿部の旅は中国路、熊野路をめぐって、どこまでも果てしなく続く。それは終わりがない。最愛の妻とともに。

阿部堅磐年譜

一九四五年（昭和二十年）
新潟県生れ
一九六〇年（昭和三十五年）
新潟県三条市立第一中学校卒業。
一九六二年（昭和三十七年）
私立立正高校入学。
一九六五年（昭和四十年）
私立立正高校卒業。
國學院大學文学部文学科入学。
《國學院大學現代詩研究会》会員となる。
作品集「彷徨Ⅰ」刊行。
一九六六年（昭和四十一年）
作品集「彷徨Ⅱ」刊行。
一九六七年（昭和四十二年）
高校の同級生と詩誌「ひょうたん」刊行。
一九六八年（昭和四十三年）
早稲田、成城、立正、國學院の詩友と詩誌「ひょうたん」改題「歩廊」を結成、同人となる。
一九六九年（昭和四十四年）
学校法人愛知学院愛知高校に奉職。
一九七三年（昭和四十八年）
詩誌「サロン・デ・ポエート」同人となる。
一九七四年（昭和四十九年）
和歌文学会会員となる。
一九七五年（昭和五十年）
第一詩集『倒懸』（詩耕社）刊。
愛知文学学校〈詩部門〉のチューターを一期（三ヶ月）担当する。
一九七六年（昭和五十一年）
手造り絵本〈丸善　世界の絵本展〉出品、「ぼくと叔父さんの神話」。
一九七七年（昭和五十二年）
日本詩人クラブ会員となる。

『名古屋明治文学史（二）』〈共著〉（名古屋市教育委員会）刊。
一九八〇年（昭和五十五年）
第二詩集『八海山』（中部詩人サロン）刊。〈第十三回新美南吉賞〉佳作を受く。
一九八九年（平成元年）
第三詩集『貴君への便り』（中部詩人サロン）刊。
一九九六年（平成八年）
詞華集『四季』〈共著〉（銅林社）刊。
東海現代詩の会会員となる。
一九九七年（平成九年）
第四詩集『生きる』（中部詩人サロン）刊。詞華集『譚詩』〈共著〉（銅林社）刊。
一九九八年（平成十年）
詞華集『梵』〈共著〉（銅林社）刊。
東海現代詩の会運営委員となる。
一九九九年（平成十一年）
小譚詩『ぼくと叔父さんの物語』（人間社）刊。詞華集『死者の書』〈共著〉（銅林社）刊。
詩誌「こすもす」同人となる。
二〇〇〇年（平成十二年）
「詩歌鑑賞ノート（一）伴野憲詩集『クルス燃える』を読む」出版（自家版）。
二〇〇一年（平成十三年）
第五詩集『訪れ』（愛知書房）刊。中日詩人会会員となる。「詩歌鑑賞ノート（二）『瀬谷耕作の詩』」出版（自家版）、「詩歌鑑賞ノート（三）『郷愁の詩人像』」出版（自家版）、「詩歌鑑賞ノート（四）『阿部正路の短歌』」出版（自家版）。
二〇〇二年（平成十四年）
第六詩集『あるがままの』（土曜美術社出版販売）刊。
二〇〇三年（平成十五年）
「詩歌鑑賞ノート（五）『蔵原伸二郎の詩』」出版（自家版）。
中日詩人会運営委員（以後四年務める）。
二〇〇四年（平成十六年）
第七詩集『男巫女』（土曜美術社出版販売）刊。「詩歌鑑賞ノート（六）『津坂治男の詩』」出版（自家版）。「詩

歌鑑賞ノート（七）『春日井建の短歌』」出版（自家版）。
二〇〇五年（平成十七年）
「詩歌鑑賞ノート（八）『福田万里子の詩』」出版（自家版）。「詩歌鑑賞ノート（九）『笠原三津子の詩』」出版（自家版）。「詩歌鑑賞ノート（十）中山伸詩集『座標』を読む』」出版（自家版）。日本ペンクラブ会員となる。
二〇〇六年（平成十八年）
第八詩集『梓弓』（土曜美術社出版販売）刊。「詩歌鑑賞ノート（十一）『鈴木亨の詩』」出版（自家版）。中部ペンクラブ会員となる。「宇宙詩人」同人となる。
二〇〇九年（平成二十一年）
第九詩集『舞ひ狂ひたり』（土曜美術社出版販売）刊。
「詩歌鑑賞ノート（十二）『折口信夫の詩』」出版（自家版）。
二〇一〇年（平成二十二年）
「詩歌鑑賞ノート（十三）『森島信子の詩』」出版（自家版）。
二〇一二年（平成二十四年）
第十詩集『円』（土曜美術社出版販売）刊。

現住所
〒448―0855
愛知県刈谷市大正町4―305

新・日本現代詩文庫 111 阿部《あべ》堅磐《かきわ》詩集

発行 二〇一三年五月二十日 初版

著者 阿部堅磐
装幀 森本良成
発行者 高木祐子
発行所 土曜美術社出版販売
〒162-0813 東京都新宿区東五軒町三—一〇
電話 〇三—五二二九—〇七三〇
FAX 〇三—五二二九—〇七三二
振替 〇〇一六〇—九—七五六九〇九

印刷・製本 モリモト印刷
ISBN978-4-8120-2052-4 C0192

新・日本現代詩文庫

土曜美術社出版販売

91 前川幸雄詩集　解説　吉田精一・西岡光秋
92 なべくらますみ集　解説　佐川亜紀・和田文雄
93 津金充詩集　解説　松本恭輔・森田進
94 中村泰三詩集　解説　宮澤章二・野田順子
95 和田攻詩集　解説　稲葉嘉和・森田進
96 藤井雅人詩集　解説　菊田守・瀬崎祐
97 馬場晴世詩集　解説　久宗睦子・中村不二夫
98 鈴木孝詩集　解説　野村喜和夫・長谷川龍生
99 久宗睦子詩集　解説　伊藤桂一・野仲美弥子
100 水野るり子詩集　解説　尾世川正明・相沢正一郎
101 岡三沙子詩集　解説　金子秀夫・鈴木比佐雄
102 星野元一詩集　解説　鈴木漠・小柳玲子
103 清水茂詩集　解説　北岡淳子・川中子義勝
104 山本美代子詩集　解説　安水稔和・伊勢田史郎
105 武西良和詩集　解説　細見和之
106 竹川弘太郎詩集　解説　暮尾淳
107 酒井力詩集　解説　鈴木比佐雄・宮沢肇
108 一色真理詩集　解説　伊藤浩子
109 郷原宏詩集　解説　荒川洋治
110 永井ますみ詩集　解説　有馬敲・石橋美紀
111 阿部堅磐詩集　解説　里中智沙・中村不二夫

〈近刊〉

112 新編石原武詩集　解説　秋谷豊・中村不二夫
113 長島三芳詩集　解説　平林敏彦・禿慶子
114 柏木恵美子詩集　解説　〈未定〉
115 戸井みちお詩集　解説　〈未定〉

〈以下続刊〉

近江正人詩集　解説　〈未定〉
瀬野とし詩集　解説　〈未定〉
新編石川逸子詩集　解説　〈未定〉

1 中原道夫詩集
2 坂本明子詩集
3 高橋英司詩集
4 前原正治詩集
5 三田洋詩集
6 本多寿詩集
7 小島禄琅詩集
8 新編菊田守詩集
9 出海溪也詩集
10 柴崎聰詩集
11 相馬大詩集
12 桜井哲夫詩集
13 新編島田陽子詩集
14 新編真壁仁詩集
15 南邦和詩集
16 星雅彦詩集
17 井之川巨詩集
18 新々木島始詩集
19 小川アンナ詩集
20 新編井口克己詩集
21 新編滝口雅子詩集
22 谷敬詩集
23 福井久子詩集
24 森ちふく詩集
25 しま・ようこ詩集
26 腰原哲朗詩集
27 金光洋一郎詩集
28 松田幸雄詩集
29 谷口謙詩集
30 和田文雄詩集
31 新編高田敏子詩集
32 皆木信昭詩集
33 千葉龍詩集
34 新編佐久間隆史詩集
35 長津功三良詩集
36 鈴木亨詩集
37 埋田昇二詩集
38 川村慶子詩集
39 新編大井康暢詩集
40 米田栄作詩集
41 池田瑛子詩集
42 遠藤恒吉詩集
43 五喜田正巳詩集
44 森常治詩集
45 和田英子詩集
46 伊勢田史郎詩集
47 鈴木満詩集
48 曽根ヨシ詩集
49 成田敦詩集
50 ワシオ・トシヒコ詩集
51 高田太郎詩集
52 大塚欽一詩集
53 香川紘子詩集
54 井元霧彦詩集
55 高橋次夫詩集
56 上手宰詩集
57 網谷厚子詩集
58 門田照子詩集
59 水野ひかる詩集
60 丸本明子詩集
61 村永美和子詩集
62 藤坂信子詩集
63 門林岩雄詩集
64 新編原民喜詩集
65 新編濱口國雄詩集
66 日塔聰詩集
67 武田弘子詩集
68 大石規子詩集
69 吉川仁詩集
70 尾世川正明詩集
71 岡隆夫詩集
72 野仲美弥子詩集
73 葛西洌詩集
74 只松千恵子詩集
75 鈴木哲雄詩集
76 桜井さざえ詩集
77 森野満之詩集
78 坂本つや子詩集
79 川原よしひさ詩集
80 前田新詩集
81 石黒忠詩集
82 壺阪輝代詩集
83 若山紀子詩集
84 香山雅代詩集
85 古田豊治詩集
86 福原恒雄詩集
87 黛元男詩集
88 山下静男詩集
89 赤松徳治詩集
90 梶原禮之詩集

◆定価（本体1400円＋税）